채널마스터

CHANNEL MASTER

채널마스터 CHANNEL MASTER 11

한태민 현대 판타지 장편소설

초판 1쇄 찍은 날 | 2018년 12월 20일
초판 1쇄 펴낸 날 | 2018년 12월 28일

지은이 | 한태민
펴낸이 | 예경원

기획 | 위시북스
편집책임 | 이규재
편집 | 위시북스

펴낸곳 | 예원북스
등록번호 | 제396-2012-000132호
등록일자 | 2012. 7. 25
KFN | 제1-338호

주소 | 경기도 고양시 일산동구 호수로 646-24 위너스21II빌딩 206A호 (우)10401
전화 | 031-819-9431 팩스 | 031-817-9432
E-mail | yewonbooks@naver.com

ISBN 979-11-89564-45-2 04810
979-11-6098-760-7 (set)

※ 이 도서의 국립중앙도서관 출판시도서목록(CIP)은 서지정보유통지원시스템 홈페이지(http://seoji.go.kr)와 국가자료공동목록시스템(http://www.nl.go.kr/kolisnet)에서 이용하실 수 있습니다.

채널마스터

11 CHANNEL MASTER

WISHBOOKS MODERN FANTASY STORY

한태민 현대 판타지 장편소설

채널마스터

CHANNEL MASTER

CONTENTS

CHAPTER
1

그날 모하메드 6세는 지난 1년 동안 한수가 맨체스터 시티에서 뛰면서 보여줬던 몇몇 활약상을 언급하며 한수의 팬이었음을 밝혔다.

그 이야기를 들으며 한수는 정말 모하메드 6세가 자신이 나오는 경기를 꾸준히 찾아봤다는 걸 알 수 있었다.

그러나 모하메드 6세는 정무에 바쁜 몸이었다. 그뿐만 아니라 이곳은 경호하는 데 있어서 불편함이 많았다.

하는 수 없이 그는 얼마 있지 않아 저택을 떠나야 했다. 저택을 떠나면서 모하메드 6세는 신신당부를 했다.

꼭 내일 모로코 왕궁에 찾아오길 바란다는 것이었다.

정말로 한수가 세계 모든 요리를 다 만들 수 있을지 궁금하다며 꼭 보고 싶다는 말을 덧붙인 뒤 그제야 그는 저택을 떠날 수 있었다.

모하메드 6세가 떠난 뒤 만수르가 한수를 보며 물었다.

"어떻게 할 생각인가? 내일 모로코 왕궁에 같이 가보겠나? 쉬러 온 건데 졸지에 일에 휘말리게 해 미안하게 됐네."

"아닙니다. 괜찮습니다."

모로코 왕궁은 일반인의 출입이 금지되어 있다. 그러나 한수는 국왕의 초대를 받았다.

일반인에게 출입이 금지된 모로코 왕궁도 들어갈 수 있다는 것이다. 그뿐만 아니라 모로코 국왕과 친분을 다져 두는 것도 나쁘지 않은 일이었다.

실제로 모로코 국왕인 모하메드 6세는 자신에게 호의를 갖고 있었다. 호의를 갖고 있는데 애써 그 호의를 멀리할 필요는 없는 것이었다.

"그럼 내일 함께 왕궁으로 가도록 하세."

"예, 왕자님."

다음 날 그들은 모로코 왕국의 수도 라바트에 있는 모로코 왕궁으로 향했다.

모로코 왕궁은 새하얀 벽과 녹색 지붕이 유독 눈에 띄는 호화스럽기 이를 데 없는 왕궁에 도착할 수 있었다.

그들이 탄 리무진이 왕궁에 들어섰다.

왕궁 근위병들이 절도 있는 자세로 그들을 맞이했다. 그리고 그들은 얼마 지나지 않아 모하메드 6세를 다시 마주할 수 있었다.

그가 한수를 격하게 반겼다.

"어서 오게. 이렇게 와줘서 고맙군. 어제 이야기 들었네. 원래는 휴가차 여기 왔다고 하던데 내가 괜히 욕심을 부린 게 아닌가 싶었다네. 그래도 선뜻 와줘서 정말 고맙네."

"아닙니다. 제 뜻대로 온 것입니다. 그리고 여전히 반신반의하고 계시는데 그 의혹을 조금이라도 풀어드리고 싶었습니다."

모하메드 6세가 웃음을 그리며 입을 열었다.

"그럼 잘 부탁하네."

그리고 한수는 왕궁의 주방에서 아마르를 재회할 수 있었다.

왕궁 주방에는 아마르뿐만 아니라 다른 쉐프도 여럿 있었다. 그들 중 몇몇은 한수를 보고 놀라워했고 몇몇은 의심쩍은 눈으로 한수를 쳐다보고 있었다.

아무래도 어젯밤 아마르가 왕궁으로 돌아간 뒤 함께 일하는 쉐프에게 미리 언질해 둔 모양이었다.

아마르가 한수를 반겼다.

"어서 오게."

"하하, 저를 보는 시선들이 썩 호의적이질 않군요."

정확히 말하면 호의적인 시선보다는 부정적인 시선이 더 많았다.

"괜찮네. 실력으로 모든 걸 찍어누르면 그만이지 않겠나."

아마르는 한수를 믿는 눈치였다. 그렇지 않고서야 이곳에 올 리 없기 때문이다.

국왕이 직접 부른 자리다. 거기서 말도 안 되는 요리를 만든다는 건 왕족을 능멸하는 행위다.

"그럼 시작해 볼까요?"

"어떤 요리를 만들 생각인가?"

"뭐, 세계 각국의 요리를 원한다고 했으니 그에 걸맞게 여러 가지 요리를 한번 만들어볼 생각입니다."

"……내가 무엇을 해주면 되겠나?"

아마르 말에 한수가 입을 열었다.

"아무것도 하지 않으셔도 됩니다. 오늘 반나절 휴가받았다고 생각하시죠."

자신만만해하는 한수 모습에 아마르가 멋쩍게 웃었다. 이제 남은 건 그가 진짜 해낼 수 있을지 지켜보는 것뿐이었다.

한수는 자신을 향해 부정적인 시선을 보내고 있는 여럿 쉐프를 바라봤다. 그도 그들이 왜 적대적인 시선을 보내는지 알고 있었다.

불과 얼마 전까지만 해도 맨체스터 시티에서 축구 선수로 뛰었던 자신이다. 그런 자신이 세계 각국의 요리를 모두 만들 수 있다고 하니 의심쩍어할 수밖에 없었다.

그것도 잠시 한수는 복장을 갖춘 뒤 본격적으로 요리를 시작했다.

그는 빠른 속도로 밑 재료를 다듬었다. 그리고 자신에게 적대적인 시선을 보내던 쉐프에게 물었다.

"어떤 요리를 원하시죠?"

"……저한테 말한 겁니까?"

"그렇습니다. 뭐든 말해보시죠."

그가 눈매를 좁혔다. 그것도 잠시 그가 고민 없이 입술을 떼었다.

"마르멜루 푸아그라 테린 어떻습니까?"

한수가 어깨를 으쓱거렸다.

시작부터 프랑스 요리였다. 개중에서도 오뜨 퀴진 영역에 속해 있는 것이었다.

그러나 한수는 「퀴진 TV」를 통해 다양한 프랑스 요리를 섭렵했다. 개중에는 프랑스 궁중 요리의 진수라고 할 수 있는 오트 퀴진에 관한 것도 있었다.

특히 한수는 르 꼬르동 블루를 수석 졸업한 김경준 쉐프의 경험과 지식을 갖고 있었다.

마르멜루 푸아그라 테린은 1778년 장 피에르 클로즈가 개발한 요리다.

그는 이 요리로 미식가였던 루이 16세에게 귀족의 작위와 함께 영토, 금화를 하사받았다. 귀족의 작위를 얻어낸 요리인 셈이다.

"프랑스 요리라……. 어렵지 않은 일이죠."

한수는 본격적으로 요리를 시작했다.

마르멜루 껍질을 벗기고 씨를 제거한 뒤 작은 토막으로 썰기 시작했다. 그런 뒤 냄비에 물을 가득 받아서 그 안에 넣고 푹 익히기 시작했다.

확실히 왕궁의 주방답게 온갖 좋은 식재료로 가득 했다.

푸아그라 역시 상등품이었다. 마르멜루를 익히기까지는 1시간 남짓 걸리는 일이기 때문에 한수가 다른 쉐프를 가리키며 물었다.

"쉐프님은 어떤 요리를 드시고 싶으시죠?"

"음……."

그가 고민을 거듭했다.

장고 끝에 결정을 내렸다.

“저는 브라질에서 자랐고 지금은 왕궁의 쉐프 일을 맡기 위해 이곳에 와있습니다. 슈하스코를 만들어주실 수 있겠습니까?”

그가 정중한 목소리로 물었다.

한수가 머릿속으로 슈하스코 조리법을 떠올렸다.

슈하스코(Churrasco)는 소고기, 돼지고기, 파인애플 등 갖은 재료를 꼬챙이에 꽂아 숯불에 구운 브라질 전통요리다.

한수는 문제없다는 듯 재차 조리를 시작했다. 1m 정도 되는 긴 쇠꼬챙이에 돼지고기를 뺀 갖은 재료를 꽂은 다음 숯불에 돌려서 구워냈다.

이때 중요한 건 슈하스코를 구우면서 부위별로 고기를 자를 때 숙련도가 요구된다는 점이다. 못해도 3년에서 4년 정도의 경력이 필요하다.

고기를 어떻게 자르느냐에 따라 맛에 차이가 나기 때문이다. 그런데 한수는 거침없이 칼질을 해나갔다.

그 모습을 보며 쉐프들은 어처구니없는 얼굴로 고개를 절레절레 지었다. 믿기지 않는 일이었다.

요리를 잘하는 건 가능하다. 한두 국가의 요리를 정말 맛있게 만들어내는 쉐프는 많다.

그러나 그 쉐프들이 세계 각국의 요리를 어느 정도 퀄리티를 유지한 채 만들어내는 건 쉽지 않은 일이다.

보통 한 분야에 전문성을 갖는 것이지 다방면에 전문성을 갖는 건 쉬운 일이 아니다.

아니, 불가능한 일이다.

그런데 지금 저 젊은 쉐프가 그것을 손수 보이고 있는 것이었다.

믿기지 않는 일이었고 그랬기 때문에 다들 놀랄 수밖에 없었다. 그렇게 한수는 쉴 새 없이 갖은 요리를 만들었고 쉐프들은 그의 실력을 인정할 수밖에 없었다.

또한 「Whatever it takes」에서 한수가 보여준 모습이 진짜배기임을 새삼 깨닫게 됐다.

그렇게 요리가 완성된 뒤 한수는 식은땀을 소매로 훔쳤다.

짝짝짝-

아마르가 한수에게 박수갈채를 보내기 시작했다. 다른 쉐프들도 하나둘 그 대열에 합류했다.

한수를 인정하지 않던, 혹은 불쾌하게 생각하던 쉐프들마저 그에게 박수갈채를 연신 보냈다.

이곳 모로코 왕궁에서 일하는 쉐프들에게 한수가 요리로 인정받는 순간이었다.

한수가 만든 일곱 가지 요리가 식탁 위에 올라갔다.

모하메드 6세가 아마르를 바라봤다. 아마르가 한수 대신 나서서 입을 열었다.

“오늘 한스는 이곳 주방에서 누구의 도움도 받지 않고 일곱 가지 요리를 완성했습니다. 이 요리들은 주방에서 일하는 다른 셰프들이 원하는 요리를 그 자리에서 바로 재현해 낸 것입니다.”

“호오, 그러니까 그 「Whatever it takes」에서 보여줬던 모습이 꾸밈없는 모습이었단 말인가?”

“예, 그렇습니다. 저 역시 적지 않게 놀랄 수밖에 없었습니다. 그래서 조금 아쉽기도 합니다.”

“응? 무엇이 아쉬운가?”

“이 정도 재능이 있는데 요리사의 길을 걷지 않는다는 게 아쉽습니다. 그의 실력은 정말이지 너무나도 눈부실 정도였습니다.”

아마르의 계속되는 극찬에 모하메드 6세가 눈을 빛냈다.

그 극찬이 이 요리에 한가득 담겨 있을 게 분명했기 때문이다.

“자자, 일단 두 사람 모두 자리에 앉게. 그리고 아마르, 자네도 한번 맛을 봐야겠지?”

“……맛보고 싶습니다. 어떤 맛을 만들어냈을지 무척 궁금합니다. 한편으로는 맛보고 싶지 않습니다. 그를 질투하게 될까 봐 걱정이기 때문입니다."

"하하, 맛있는 요리를 앞두고 그렇게 쓸데없는 생각을 왜 하는 건가? 맛있는 요리가 있으면 그저 즐기면 그만인 것을. 어렵게 생각할 필요가 있나?"

모하메드 6세는 여섯 접시 중 한 접시의 뚜껑을 들어 올렸다.

그 안에는 쿠키 비슷한 모양새를 하고 있는 푸아그라가 다소곳하게 플레이팅되어 있었다.

생소한 요리에 모하메드 6세가 한수를 보며 물었다.

"이 요리 이름은 무엇인가?"

"마르멜루 푸아그라 테린입니다. 1778년 장 피에르 클로즈라는 셰프가 개발한 요리로……."

한수가 줄줄이 설명을 읊었다.

모하메드 6세는 루이 16세가 이 요리를 맛본 뒤 작위와 영토, 금은보화를 내렸다는 말에 가볍게 탄성을 내며 입을 열었다.

"그렇다면 나 역시 이 요리가 그렇게 맛있다면 한스에게 작위와 금은보화를 내리도록 하겠네."

"예?"

한수가 당혹스러운 얼굴로 모하메드 6세를 쳐다봤다. 그러나 그의 태도는 변함없었다.

그게 진담인지 아닌지 헷갈릴 정도로 당혹스러워할 때 모하메드 6세가 나이프로 푸아그라를 자른 뒤 그대로 그것을 입에 가져갔다.

우물우물-

모하메드 6세가 맛을 음미하는 사이 만수르도 맛을 보기 시작했다. 그리고 동시에 두 사람이 눈을 빛냈다.

"맛있군요."

"맛있군. 기가 막힌 맛이야."

그들 모두 허겁지겁 한수가 만든 요리를 계속해서 맛보기 시작했다.

모하메드 6세는 새삼 루이 16세의 그 마음을 이해할 수 있을 것 같았다. 이렇게 화려하고 아름다운 요리를 가져왔으니 그에 걸맞은 대가를 주고 싶었을 것이다.

그 뒤 아마르가 계속해서 다른 접시에 담긴 요리도 설명했고 그럴 때마다 두 사람은 정신없이 끼니를 때웠다.

아마르도 한수가 만든 일곱 가지 요리를 맛보며 불신에 가까운 얼굴로 한수를 지그시 바라봤다.

'어떻게 이런 게 가능한 거지?'

한수의 나이, 이제 스물다섯 살이다.

그런데도 그는 믿기지 않는 요리 실력을 뽐내고 있다.

보통의 저 나이 때에는 절대 불가능한 일이다. 이건 절대적인 것이다. 시간은 누구에게나 공평하기 때문이다.

아마르가 괴물을 쳐다보는 것처럼 한수를 바라보고 있을 때 일곱 가지 요리를 모두 맛본 모하메드 6세가 냅킨으로 입 주변을 닦으며 입을 열었다.

"아까 자네가 그랬지. 푸아그라 요리를 만든 그 장 피에르 클로즈라는 쉐프가 그 요리 덕분에 작위와 영토, 금은보화를 받았다고 말이야."

"예, 그렇게 알고 있습니다."

"한스."

"예?"

모로코의 국왕 모하메드 6세가 한수를 바라보며 물었다.

"내게 원하는 걸 말해보게. 무엇이든 들어주겠네. 자네라면 내 막내딸을 달라고 해도 들어줄 수 있네."

그의 목소리에는 진심이 담겨 있었다.

한수가 멋쩍은 얼굴로 모하메드 6세를 바라봤다.

막내딸이라니. 생각지도 못한 이야기였다.

그때 만수르가 슬쩍 끼어들었다.

"전하, 막내딸이라면 아마 랄라 카디자 공주님을 이야기하시는 거 같은데 맞으십니까?"

"그렇다네, 하하."

"……카디자 공주님은 올해 열세 살로 알고 있는데, 맞습니까?"

"맞다네, 하나 짝이 생겼다면 일찍 결혼한다고 해도 흠이 되겠나? 아니면 약혼을 하고 오 년 뒤 혼례를 치러도 될 일이겠군."

"……."

두 사람이 나누는 대화를 들으며 한수는 순간 골이 찡하는 느낌을 받았다.

열세 살?

지금 들은 이야기가 사실이라면 모로코 왕국의 국왕은 자신과 띠동갑인, 한국으로 치면 이제 막 중학생이 된 딸아이를 아내로 데려가라고 이야기한 셈이었다.

이대로 가만히 있다가는 코를 꿰일 게 뻔했다.

한수가 급히 입을 열었다.

"죄송합니다, 전하. 전하를 기쁘게 해드린 것만으로도 충분하다고 생각합니다."

"흐음, 아쉽군. 좋네. 그 대신 자네한테 자그마한 선물을 하겠네. 그건 거절하지 말아주게."

"감사합니다."

"만수르에게 내일 귀국한다는 이야기를 들었네. 사실인가?"

한수가 공손히 고개를 숙여 보였다.

"예, 그렇습니다."

"가끔 시간이 남으면 내 왕국에 휴양차 놀러 오게나. 자네를 위해서 늘 시간을 비워놓도록 하겠네."

"감사합니다, 전하."

아찔한 순간을 가까스로 넘긴 뒤 한수는 그곳을 빠져나올 수 있었다.

아마르 쉐프가 한수에게 다가왔다.

"하하, 고생하셨습니다."

"별말씀을요. 전하 말씀을 듣고 조금 식겁하긴 했습니다."

"아, 고명딸을 주신다는 이야기 때문이십니까?"

"예, 한두 살 차이도 아니고 열두 살 차이라니…… 우리나라에서 그랬다가는 도둑놈 소리 듣기 십상입니다."

"그런가요? 흐음, 장차 우리 왕국 최고의 미녀가 될 분이신데…… 많이 아쉽군요."

"예?"

한수가 고개를 갸웃했다. 아마르가 그 모습을 보며 박장대소했다.

"하하, 이미 지나간 일입니다. 오늘 정말 고생 많이 하셨습니다. 덕분에 저 역시 개안한 느낌입니다."

"개안이라뇨. 당치도 않습니다."

"그럼 편히 쉬다가 귀국하시길 바랍니다. 다음에 또 뵐 수 있다면 뵙도록 하겠습니다."

한수도 고개를 꾸벅 숙였다.

그리고 그가 자신에게 주어진 방으로 돌아올 때였다.

저 멀리 히잡을 쓰고 총총걸음으로 걸어오고 있는 아리따운 여자가 보였다. 성숙해 보이는 외모에 오뚝한 콧날, 그리고 에메랄드빛 눈동자가 무척 매력적인 미모의 여성이었다.

그녀는 한수를 보고서는 살짝 고개를 숙였다. 한수도 고개를 숙여 보였다. 그리고 다시 발걸음을 뗄 때였다.

만수르가 한수에게 슬쩍 다가왔다.

"방금 전 자네와 약혼 이야기가 오고 갔던 당사자를 마주본 기분이 어떠한가?"

"예?"

한수가 당혹스러운 얼굴로 만수르를 쳐다봤다. 만수르가 웃으며 입을 열었다.

"방금 지나간 여자아이를 못 봤는가?"

"봤습니다. 그런데 그분이 카디자 공주님이라고요?"

"그렇다네. 살마 비 전하를 닮아 무척 아름답다네. 괜히 왕국 최고의 미녀가 될 것이라고 사람들이 추측하는 게 아니니까."

"……허허."

한수는 자신도 모르게 허탈한 얼굴로 웃음을 흘렸다.

믿기지 않았다. 분명 방금 전 자신이 본 여자는 이제 막 중학생이 되려는 여자아이치고는 대단히 성숙했기 때문이다.

한수가 보기엔 고등학생이라고 봐도 무방할 정도였었다. 그런데 그 볼륨에 그 성숙한 미모가 중학생일 줄이야.

한수는 믿을 수 없다는 표정이 되었다. 그런 한수를 보며 만수르가 짓궂은 얼굴로 물었다.

"이제 와서 생각해 보니 아쉬운가?"

"……그건 아닙니다만."

"하하, 나도 전하가 막내딸까지 주겠다고 할 줄은 생각지도 못했네. 그만큼 자네를 마음에 들어 했다는 것일 테지. 확실히 자네한테는 사람을 잡아끄는 특별한 매력이 있는 모양일세."

"감사합니다."

"그럼 오늘은 왕궁에서 푹 쉬도록 하세. 그리고 내일 카사블랑카로 넘어가세나."

"예, 전하."

한수는 만수르와 함께 왕궁을 돌아보며 그 이후로도 허심탄회하게 이야기를 나눴다.

그리고 다음 날, 한수가 여름 휴가를 마치고 귀국할 시간이 되었다.

한편 한수가 저녁을 만들 때 그가 요리 만드는 모습을 촬영

하던 사람들도 있었다.

그들 대부분 한수를 질시하던 사람들로 그를 쪽팔리게 만들겠다는 생각에서 촬영을 한 것이었다.

하지만 한수가 실제로 요리를 척척 해내는 걸 보며 그들은 자신들이 찍은 영상을 어떻게 해야 하나 고민할 수밖에 없었다.

그들 대부분은 영상을 삭제해 버렸지만 개중에는 동영상을 삭제하지 않은 쉐프도 있었다.

한수가 요리하는 걸 보며 그것을 참고하기 위함이었다. 그러다가 그들 중 한 명이 그 영상을 유튜브에 업로드했다.

그는 평소 한수에게 호감을 갖고 있던 쉐프였는데 유튜브에서도 「Whatever it takes」에 대한 논쟁은 꽤 뜨거운 편이었다.

방송인만큼 어느 정도 연출과 조작이 있을 것이라는 의견과 진짜 저 쉐프의 실력일 수도 있지 않겠냐는 의견 두 가지였다.

물론 그 쉐프가 뜬금없이 맨체스터 시티의 축구 선수로 뛰게 되면서 대부분의 사람은 조작일 가능성이 농후하다고 판결을 내려 버린 뒤였다.

실제로 「Whatever it takes」에 영어 자막을 입힌 영상들 대부분은 「좋아요」보다 「싫어요」 숫자가 열 배 정도 차이가 날 만큼 압도적으로 많았는데, 방송을 조작했다는 이유에서였다.

비단 그것은 외국인들만 그렇게 생각하는 게 아니었다.

한국에서도 이미 「무엇이든 만들어드려요」는 방송의 재미를 위해 과도한 연출을 했다고 비판받고 있었다.

황 피디를 비롯한 제작진이 모든 촬영 장면은 조작이 아니며 한수가 직접 조리했다고 밝혔지만, 그것을 알고 있는 사람은 많지 않은 편이었다.

때로는 거짓이 진실을 쉽게 가릴 수도 있는 법이었다.

그런 전후 사정을 알고 있는 탓에 오늘 직접 두 눈으로 경이로운 광경을 목격한 그는 다른 사람들의 오해를 풀고 싶다고 생각했다. 그래서 그는 적당히 영상을 편집한 다음 유튜브에 업로드했다.

그가 올린, 「Whatever it takes」의 진실이 담겨 있다는 이 영상은 얼마 지나지 않아 조회 수가 폭등하기 시작했고 댓글 역시 빠른 속도로 늘어나고 있었다.

그러나 그들 모두 단잠에 빠진 뒤였기 때문에 아무도 이 사실을 알지 못했다.

다음 날 잠에서 깬 뒤 한수는 귀국 준비를 시작했다.

귀국하자마자 바로 다음 날 「힐링 푸드」 촬영에 들어가야 했다.

이번 촬영은 양로원이 아닌 직장인들을 상대로 촬영할 예정이었다.

촬영 예상 지역은 구로디지털단지역 주변으로 출근 중인 직장인들을 대상으로 하는 만큼 새벽녘부터 모이기로 되어 있었다. 시차를 생각하면 오전 비행기로 떠날 필요가 있었다.

한수는 일찍 일어난 만수르와 함께 모로코 왕국의 국왕 모하메드 6세를 알현했다.

한수가 귀국한다는 말에 모하메드 6세는 눈에 띌 정도로 아쉬움을 드러냈다.

"조심히 귀국하고 다음에 또 볼 수 있었으면 좋겠군. 여름에 휴가를 온다면 꼭 모로코를 들르길 바라겠네."

"감사합니다, 전하."

"자네는 언제나 국빈으로 대우할 걸세."

모하메드 6세는 한수에게 엄청 호의적이었다.

그렇게 두 사람이 만수르의 전용기를 타기 위해 리무진을 타고 모하메드 5세 국제공항으로 향할 때였다.

스마트폰으로 이런저런 이슈들을 훑어보던 만수르가 웃음을 터뜨렸다.

"하하."

그동안 머릿속으로 출근 중인 직장인을 대상으로 무슨 요리를 만들까 고민하던 한수가 의아한 얼굴로 만수르를 바라봤다.

"무슨 재미있는 일이라도 있으십니까?"

"어제 왕궁에서 자네가 일곱 가지 요리를 만들었지?"

"예, 그렇습니다."

"누군가 그날 자네가 요리하는 걸 촬영한 모양이야. 그리고 그것을 편집해서 유튜브에 올렸는데 지금 그게 꽤 이슈가 되어 있군."

"예? 설마요."

"사실이라네. 내가 자네한테 뭐하러 거짓말을 하겠는가?"

"믿기지 않아서 그렇습니다. 그게 뭐라고 또 이슈가 된 건지……."

"그만큼 자네 같은 쉐프가 드문 탓이겠지. 한두 국가의 요리를 잘하는 쉐프는 많아도 여러 국가의 요리를 잘하는 쉐프는 드문 편이거든. 로렌스 왕이라고 했던가? 그가 왜 자네에게 그런 제안을 했는지 알 거 같군."

로렌스 왕.

그는 한수에게 함께 레스토랑을 내보자고 제안을 한 적이 여러 번 있었다.

그럴 때마다 한수는 쉐프가 될 생각이 없다고 거절했고 그 이후 맨체스터 시티에 입단하면서 연락이 끊겼었다.

한수도 만수르 말에 그가 무슨 말을 하고 싶어 하는지 눈치 챌 수 있었다.

"다양한 국적의 요리를 할 수 있는 만큼 다양한 국적의 사람들을 손님으로 끌어모을 수 있을 거라고 생각했겠군요."

"그렇지. 특히 홍콩은 매년 정말 많은 관광객이 찾는 도시가 아닌가. 아마 나였으면 뉴욕에 그런 레스토랑을 차려보자고 제안을 했겠지만, 그로서는 안전을 추구한 모양이야."

"예?"

만수르가 적잖게 놀라 하는 한수를 보며 물었다.

"한스, 자네는 왜 쉐프가 되는 걸 싫어하나?"

"힘든 일이기 때문이죠. 저는 요리에 제 인생을 걸 자신이 없습니다."

솔직한 답변에 만수르가 아쉬움을 토로했다.

"아쉽군. 만약 로렌스 왕이 제시한 액수가 짜서 거절했다고 했으면 내가 자네를 스카우트했을 텐데……."

"예?"

한수는 당혹스러운 얼굴로 만수르를 바라봤다.

만수르가 웃으며 입을 열었다.

"이번에도 거짓말 같이 느껴지나? 하하, 만약 자네가 진짜 관심이 있었다면 나는 자네한테 백지 수표를 제시했을 거야."

백지 수표.

한수가 멋쩍은 얼굴이 되었다.

"자네한테 얼마를 주든 이득이 될 게 분명하거든. 맨체스터 시티의 축구 선수였던 강한수가 무슨 요리든 만들 수 있는 레스토랑을 오픈했다면 어떻게 될 거 같나? 아마 웬만한 사람들은 자네가 만든 요리를 맛보고 싶어서 무조건 레스토랑을 찾아오게 될 걸세. 개중에는 셀레브리티도 적지 않을 테고 그 모든 것이 전부 다 매상으로 연결될 게 뻔하지 않겠나?"

"충분히 가능성 있는 일이라고 생각합니다."

"언제든 생각이 있으면 연락하게. 평생 놀고먹을 생각은 아니지 않나."

한수는 그 말에 고민에 잠겼다.

쉐프로서의 길은 전혀 생각해 본 적이 없다. 그가 「퀴진 TV」를 두 번째로 확보하게 된 건 어디까지나 요리하는 것을 좋아했기 때문이다.

하지만 좋아할 뿐 직업으로 생각해 본 적은 없었다.

그렇지만 만수르의 이야기를 듣고 보니 한 번쯤 해봄직한 일이라는 생각이 들었다.

무엇보다 재미있을 것 같았다. 특히 자신이 좋아하는 할리우드 스타가 자신이 직접 만든 요리를 먹으러 온다면?

그것도 나름 특별한 의미를 가질 듯했다. 하지만 지금 당장은 불가능한 일이었다.

현재로써는 황 피디와 촬영을 해야 할 게 남아 있는 데다가 다시 복학한 이상 대학교부터 졸업할 생각이었기 때문이다.

한수는 공항에서 만수르와 포옹을 하며 작별인사를 나눴다. 그리고 그는 전용기를 타고 귀국할 수 있었다.

인천국제공항에 도착한 한수는 기자들의 방해 없이 무사히 공항을 빠져나올 수 있었다.

그런 뒤 서울로 돌아가며 우선 황 피디에게 전화를 걸었다.

내일 있을 촬영과 관련해서 이야기를 나누고 싶었기 때문이다.

얼마 지나지 않아 황 피디가 전화를 받았다.

“황 피디님, 저예요. 저 귀국했어요.”

-한수 씨! 왜 휴대폰이 꺼져 있나 했더니…….

“무슨 일 있어요? 왜 매번 귀국만 하면 그렇게 난리인지…….”

-유튜브에 「무엇이든 만들어드려요」 아니, 「Whatever it takes」 영상이 떠돌아다니는 거 알아요?

“예, 그러고 보니 모로코에서도 그거 관련해서 이야기를 들은 적 있는데 거기서 만난 쉐프가 제 방송을 봤다고…….”

-아, 모로코에서 요리 만든 게 진짜였구나.

“왜 그러시는데요?”

-승기기에서 한수 씨가 만든 요리하고, 모로코에서 만든 요리들, 그거 다 한수 씨가 텔레비전에서 보고 배웠다고 했죠?

“예, 맞아요.”

-그와 관련해서 몇몇 쉐프가 연락을 해왔어요. 한수 씨를 만나고 싶다고.

"……네?"

한수는 람보르기니를 끌고 서울에 있는 집으로 향하며 다시 한번 황 피디가 했던 이야기를 곱씹었다.

누군가 올린 유튜브 영상은 엄청난 조회 수를 기록하며 인기 핫클립으로 떠오르고 있다고 했다.

댓글들 반응도 조회 수만큼 뜨거웠다.

누군가 편집해서 영상을 올렸다 보니 의혹을 제기하는 쪽도 적지 않았다고 했다.

한수는 주차장에 차를 주차해 두며 스마트폰으로 황 피디가 보낸 링크를 재차 눌러봤다.

자신이 모로코 왕궁의 주방에서 일곱 가지 요리를 준비했던 게 적절하게 편집된 채 업로드되어 있었다.

그는 댓글을 확인했다.

-우와, 그때 본 「Whatever it takes」가 진짜일 줄이야. 말도 안 되는 일이 일어났어.

-그러니까 축구에 요리까지 둘 다 잘한다는 게 말이 돼?

-축구와 요리, 두 개만이 아니야. 거기에 노래도 잘 부르잖아.

-맞아. 노래도 있지.

-진짜 미친 짓이야. 솔직히 말이 안 된다니까?

-근데 저게 진짜가 아닐 수도 있잖아.

-또, 또! 의심한다. 저기서 어떻게 더 편집을 하냐?

-상식적으로 말이 돼? 태어나서 계속 요리만 했다고 치자. 그렇다고 해도 몇 개 국가야? 모로코에서만 일곱 국가의 요리를 전문가 수준으로 만들었다고. 게다가 「Whatever it takes」에서는 그보다 더 많은 가짓수를 만들었고. 지금 한스가 스물다섯인데 물리학적으로 그게 가능하냐는 거야.

몇몇 사람들은 한수가 해낸 일에 의구심을 드러내고 있었다.

직접 자신의 두 눈으로 보기 전에는 절대 믿지 못할 사람들이었다.

어쩌면 직접 두 눈으로 본 이후에도 믿지 않을 수도 있었다.

한수는 유튜브창을 닫았다.

황 피디가 했던 말이 생각났다. 조금 전 그가 한 말이 여전히 머릿속을 맴돌고 있었다.

-그와 관련해서 몇몇 쉐프들이 연락을 해왔어요. 한수 씨를 만나고 싶다고.

"예? 저를 왜요?"

-한수 씨가 만든 몇몇 요리가 자신이 만든 요리하고 너무 흡사하다고. 어디서 배운 거냐고 궁금해해요. 누구는 한수 씨가

산업스파이인 거 아니냐고 화를 내더라고요.

한수는 그 말에 멋쩍어할 수밖에 없었다.

한수는 「퀴진 TV」에서 소개했던 다양한 레스토랑의 요리를 자신의 것으로 섭렵해서 써먹었다. 그렇다 보니 몇몇 쉐프들에게는 그 요리가 낯익게 보일 수 있는 일이었다.

실제로 김경준 쉐프의 시그니처 요리인 수비드 꼬숑 같은 경우도 비슷했다. 「쉐프의 비법」 촬영 이후 김경준 쉐프는 직접 한수보고 어떻게 자신의 시그니처 요리를 토씨 하나 틀리지 않고 똑같이 만들어낼 수 있냐고 물어봤을 정도였다.

한수가 천부적인 감각으로 만들어냈다고 스스로 오인하며 해프닝으로 일단락되긴 했지만 어쨌든 한수 입장에서는 조심해야 할 필요가 있는 게 사실이었다.

어느 레스토랑이나 고유의 비법이 존재하며 그것을 대수롭지 않게 여기는 곳도 있을 수 있지만 그렇지 않은 곳도 분명히 존재하기 때문이다.

아무래도 한 번쯤 자리를 마련해야 할 것 같긴 했다.

변명은 충분히 가능했다.

한수가 그들 식당 근처에도 가본 적이 없는 만큼 그냥 생각나는 대로 조합해서 써봤더니 의외로 맛이 괜찮아서 꾸준히 이용했다고 둘러대면 그만이었다.

그들로서는 한수가 의심쩍겠지만, 심증만 있을 뿐 물증은 존재하지 않기 때문이었다.

그래도 복잡한 사건에 얽힌 건 분명했다. 그리고 그것을 증명하기라도 하듯 그 날 저녁 한수는 집까지 직접 찾아온 황 피디를 만날 수 있었다.

황 피디 얼굴에는 살짝 근심이 어려 있었다.

"걱정거리 있으세요?"

"한수 씨 일 때문에 그렇죠. 몇몇 쉐프들은 대놓고 노발대발하더라고요. 한수 씨한테 법적 책임을 물을 수도 있다고 그러는데…… 휴."

"실제로 법적 책임을 물을 수 있나요?"

"글쎄요. 회사 변호사한테 물어봤지만 어려울 거라고 하더군요. 일단 한수 씨가 그 가게 비법을 훔쳤다는 걸 입증해야 하는데 한수 씨는 그냥 텔레비전에서 그 레스토랑 소개하는 것만 보신 거잖아요. 맞죠?"

"예, 맞아요."

"그러면 불가능할 거라고 하더군요. 만약 방송만 보고 그 가게 비법을 알 수 있으면 누구나 그 가게 비법을 알 수 있게 되는 게 아니냐고요. 한수 씨가 그 집 주방에 몰래 침투해서 비법을 알아낸 게 아닌 이상 그들 말은 허공에 외치는 빈말에 불과할 뿐입니다. 그건 걱정하지 않으셔도 됩니다."

"알겠습니다. 그것 때문에 이렇게 찾아오신 건가요?"

"그것도 있고 내일 촬영 이야기도 해야 해서요."

정확히 말하면 이제 여덟 시간 남짓 남아 있었다. 재료 밑준비를 생각하면 새벽 네 시부터는 부지런히 움직여야 했기 때문이다.

"촬영하는 데 있어서 문제가 생길 거 같나요?"

"예? 아뇨. 일단 경찰서 쪽에서 지원 병력을 파견해 주기로 했습니다. 아무래도 안전이 최우선으로 중요하게 여겨지는 만큼 그쪽 관련해서는 최대한 주의를 기울일 생각이에요."

"감사합니다, 피디님."

"현재까지 최형진 셰프님을 상대로 2승 0패인데 이번에 직장인을 상대로 생각해 두신 메뉴는 따로 있으신가요?"

"단톡방에서 이야기를 나누긴 했지만, 컵밥으로 갈까 생각하고 있어요."

"……컵밥이요?"

그동안 꽤 신선하고 특별한 요리를 했던 한수치고는 정말 의외의 요리였다.

컵밥은 지금에 이르러서는 꽤 많이 대중화되어 있었기 때문이다.

특별한 컵밥이 아니면 직장인들의 마음을 사로잡는 건 어려운 일일 터였다.

황 피디가 한수를 보며 물었다.

"괜찮으시겠어요? 최 쉐프님은 이번에야말로 칼을 갈고 나온 느낌이던데요."

"예, 걱정하지 않으셔도 됩니다."

한수는 자신만만한 목소리로 대답했다.

그는 믿는 구석이 있었다.

한수팀과 최형진 쉐프님은 새벽 네 시부터 모여 촬영을 준비 중이었다.

그들은 구로디지털단지역 근처에 있는 음식점에서 각각 모여 밑 재료 준비를 하며 오늘 내놓을 요리를 준비 중에 있었다. 물론 승준과 서현에게는 방송보다 더 중요한 주제가 남아있긴 했다.

한수의 여름 휴가와 관련된 이야기였다.

촬영팀이 분주하게 움직이며 촬영 준비를 하는 동안 서현이 마이크를 차기 전 한수를 빤히 바라보며 물었다.

"비키니 파티는 어땠어요?"

"별거 없었어. 그냥 파티였을 뿐이야."

"남자 둘에 여자 다수인, 그것도 모델만 줄줄이 모인 곳에서 파티가 열렸는데 그게 별거 아니에요?"

토라진 듯 자리를 뜨는 서현을 보며 한수가 한숨을 내쉬었다. 그런 한수에게 승준이 다가왔다.

"그냥 몇 번 져주세요."

"응? 뭔 뜻이야?"

"아직도 몰라요?"

"아니, 알고 있어."

"뭐야! 알면서도 그런 거예요?"

"야! 왕자님이 초대했는데 나보고 어떻게 하라고? 내가 만나고 싶어서 만났겠냐?"

"……칫. 이럴 줄 알았으면 나도 쫓아갈걸. 근데 언제부터 알았어요?"

"내가 무슨 눈치도 없는 바보 얼간이겠니? 꽤 이전부터 눈치채고 있긴 했어. 근데 남자 연예인하고 여자 연예인하고 스캔들 루머가 나면 피해를 많이 보는 건 여자 연예인 쪽이잖아. 게다가 서현이는 이제 막 뜨고 있는 배우고. 그래서 일부러 모른척했던 거야."

"……오, 멋지다. 우리 형."

"우리 형은 내가 아니라 크리스티아누고."

"……그런 건 또 어디서 배워온 거예요? 누가 들으면 형 서른살 넘은 줄 알겠어요."

"됐고. 오늘은 컵밥을 만들 생각이야."

"컵밥이요? 흠, 괜찮을까요? 최 쉐프님 쪽은 엄청 기막힌 거 준비하는 모양이던데요?"

컵밥.

대중적이지만 특별하진 않다. 걱정거리가 생길 수밖에 없다. 어차피 여기서 파는 모든 음식은 무료다.

재룟값에 제한이 걸려 있긴 하지만 그걸 감안해도 꽤 고급 식재료를 사용할 수 있다는 의미다. 그런 상황에서 컵밥 하나로 밀어붙인다는 건 조금 의외의 결정이었다.

한수가 승준을 보며 말했다.

"출근 중인 직장인들이야. 아침도 굶어가면서 나오는 경우가 잦고 허겁지겁 먹어야 하는데 플레이팅 같은 게 눈에 들어오겠냐? 그보다는 쉽고 간편하고 빠르게 먹을 수 있는 음식이 더 낫지."

"그래도 방송 촬영이고 한 끼 챙겨 먹는 건데 이왕이면 맛있는 걸 원하지 않을까요?"

"누가 맛없게 만든대? 당연히 맛은 기본이지. 관건은 어떻게 만드느냐 이거지."

"그래서요? 재료로 무얼 쓰실 생각인데요?"

"세 종류를 생각 중이야. 곱창하고 삼겹살 그리고 새우."

"이번에는 메뉴가 좀 다양하네요?"

그동안 한수는 한 종류의 메뉴만 고집했다. 그게 만들기 간

편하고 손님들도 주문하기 편해서다. 그러나 이번에는 일부러 세 종류를 선택했다.

손님 개개인의 취향에 맞춰주기 위해서였다.

그 뒤 그들은 새벽 네 시부터 여섯 시까지 재료를 손질하고 맛을 봐가며 준비를 게을리하지 않았다.

그리고 여섯 시가 되었다.

오늘은 「힐링 푸드」 촬영 마지막 날이었다.

구로디지털단지역 3번 출구 앞에 두 대의 푸드트럭이 들어섰다.

이곳은 한국 수출산업 제1차 국가산업단지에 몰려 있는 여러 회사와 맞닿아 있는 출구였다.

그런만큼 푸드트럭 장사를 하기에도 제격이었다.

새벽 여섯 시인데도 불구하고 구로디지털단지역에서는 직장인들이 계속해서 들락날락하고 있었다.

그들은 입에 토스트 하나를 문 채 바쁘게 회사를 향해 걸어가는 중이었다.

아직 출근 시간까지는 시간적인 여유가 있는데도 불구하고 서두르는 그들을 보며 한수는 마음을 굳게 다잡았다.

공무원 시험을 준비했지만, 그 역시 저들처럼 취업준비생이 되었다가 어느 이름 모를 중소기업에 입사해서 이 시간에 출근하고 있을지도 몰랐다.

아침도 제대로 먹지 못하고 출근하는 그들에게 소소한 위로가 되어줬으면 좋겠다고 생각을 하며 한수는 마저 준비를 마무리 지었다.

이제 촬영 시작까지는 삼십 분 정도 남은 상황.

새까맣던 거리는 어느새 점점 밝아지고 있었다.

한수는 팀 멤버들을 보며 입술을 떼었다.

"오늘 마지막 촬영인 만큼 다들 열심히 하자."

"네! 형!"

"우리 열심히 하자."

그들 모두 용기를 북돋운 다음 오픈할 준비를 했다.

이미 커다란 솥에는 잘 익은 곱창과 새우가 수북하게 담겨 있었고 한쪽 불판에서는 삼겹살이 바싹하게 익어가는 중이었다. 그리고 밥솥에는 갓 지은 쌀밥이 새하얗게 빛나고 있었다.

만반의 준비를 끝낸 상황에서 시간이 지나갔고 드디어 여섯 시 반이 되었다.

촬영 시작이었다.

동시에 그들은 새하얀 마스크를 쓴 다음 손님이 오길 기다리기 시작했다.

[오늘 단 하루에 한하여 무료! 배고픈 직장인이여 내가 오라!]

서현이 제안해서 단 현수막이 펼쳐졌다.

그리고 무료라는 말에 바쁘게 걸음을 서두르던 직장인들이 하나둘 푸드트럭 앞에 모여들었다.

"진짜 무료예요?"

한 직장인이 의아한 얼굴로 물었다. 승준이 환하게 웃으며 대답했다.

"예, 무료입니다, 손님. 하나 고르시면 돼요."

빤히 메뉴판을 보던 그가 컵밥 하나를 골랐다.

"곱창 컵밥 하나만 주세요. 아침부터 곱창을 먹게 될 줄은 몰랐네요."

"곱창 하나요."

서현이 그릇에 밥을 담았고 한수가 그 위에 곱창을 수북하게 얹혀 건넸다.

그는 고개를 꾸벅 숙여 보였다.

"감사합니다. 잘 먹을게요."

"아, 다 드신 다음 설문조사 하나만 참여 부탁드릴게요."

"설문조사요?"

"예, 지금 방송 촬영 중이어서요."

"예? 방송 촬영이요?"

그가 눈을 휘둥그레 떴다. 그것도 잠시 푸드트럭 주변을 기웃거리던 그가 조심스러운 목소리로 물었다.

"혹시……「힐링 푸드」예요?"

이번에는 되레 서현이 당황한 얼굴이 되었다.

"어? 어떻게 아세요?"

"관련 기사를 종종 봐서요. 잠깐만요. ……가, 강한수 맞죠?"

한수가 마스크를 슬쩍 내리며 대답했다.

"예, 맞습니다."

"……대박."

그리고 직장인들이 가장 붐비는 시간대인 일곱 시부터 여덟 시 사이.

푸드트럭 앞에 인산인해가 펼쳐졌다.

CHAPTER 2

황 피디는 현장을 바라보며 혀를 내둘렀다.

이렇게 많은 인파가 몰릴 줄은 예상 못 한 일이었다.

그러나 방송 촬영 중이라는 말에 프로그램을 유추한 몇몇 직장인들이 발 빠르게 소문을 퍼뜨렸고 급기야 직장인뿐만 아니라 지역 주민들까지 이곳에 몰리게 됐다.

그래도 미리 경찰청에 협조를 구한 덕분에 출연자들 안전은 별다른 걱정을 하지 않아도 됐다.

"오프라인 반응이 장난 아니네."

"온라인도 마찬가지예요."

실시간 검색어 1위에 올랐고 지금 계속 1위를 유지 중이다. SNS에서 「힐링 푸드」를 언급하는 횟수도 많은 편이었다.

다들 호기심을 갖고 이게 어떤 프로그램인지 궁금해하고 있었다.

"음식들 반응은 어때?"

황 피디는 이번 3번째 대결만큼은 최형진 쉐프가 유리하지 않을까 생각하고 있었다.

최형진 쉐프도 고집이 셌다. 그는 이번에도 프랑스 요리를 고집했다. 프랑스 쉐프로서의 자존심이었다.

그리고 그가 만든 건 프랑스 바게트 빵을 이용한 샌드위치였다.

그래도 어느 정도 타협은 가져간 셈이었다.

그전에는 플레이팅 때문에 적지 않은 시간을 빼앗겼지만, 이번만큼은 그럴 필요가 없어져서였다.

게다가 맛은 최형진 쉐프가 충분히 뽑아낼 수 있는 만큼 걱정이 없었다.

반면에 한수가 선택한 건 3종 컵밥이었다.

메뉴를 다각화했고 또 직장인들에게 익숙한 컵밥을 골랐다.

대중적인 면에 있어서는 한수의 요리가 월등했다. 하지만 맛이 얼마나 있느냐는 또 별개의 문제였다.

돈을 내고 먹는 게 아니라 무료인 만큼 아무래도 이왕이면 비싼 재료를 사용한 요리에 사람들이 더 후한 점수를 줄 게 분명했기 때문이다.

대충 상황을 파악하고 있던 조연출이 대답했다.

"한수 씨 푸드 트럭이 인기는 더 많아요."

"그래? 설문지는 확인해 봤어?"

"아직 확인 못 했습니다. 그래도 다들 최형진 쉐프가 마지막 대결에서는 조금 더 유리하지 않을까 생각 중이더라고요."

"그래야지. 최형진 쉐프도 자존심에 꽤 금이 갔을 텐데 이번에는 무조건 이기고 싶어 할 거야."

0승 2패다.

최형진 쉐프도 자존심을 회복할 필요가 있었다.

아직 아마추어인 한수에게 내리 3연패를 당할 수는 없는 일이었다. 그렇게 그들이 떠들어대는 동안 점점 더 사람이 몰리기 시작했다.

지하철이나 도로 혹은 버스정류장을 통해 밀려드는 인파를 보며 황 피디가 중얼거렸다.

"저 사람들 전부 다 한수 씨를 보러 온 걸까?"

"그렇지 않을까요?"

황 피디는 콩나물처럼 곳곳에 자리 잡고 있는 사람들을 보며 다시 한번 마음을 다잡았다.

「힐링 푸드」 촬영이 끝나는 대로 한수와 무조건 재계약을 맺어서 몇 작품을 더 찍고 말겠다고.

촬영이 종료됐다.

양 팀 푸드트럭이 사람들에게 둘러싸인 채 구로디지털단지역을 빠져나가기 시작했다.

본격적으로 장사를 시작한 건 새벽 6시 30분이었다.

촬영이 종료된 시간은 오전 8시 30분이었다.

두 시간 동안 이루어진 촬영. 온라인과 오프라인 둘 다 반응이 뜨거웠기 때문에 황 피디는 기분 좋게 촬영을 마무리 지을 수 있었다.

"다들 고생하셨습니다."

"수고 많으셨습니다."

1화 방송까지는 꽤 많은 시간이 남아 있었지만 아무래도 좋았다.

작년에 「싱 앤 트립」이 끝난 뒤 한국에서의 반응은 그야말로 열광적이라는 말로 부족할 만큼 미쳐 있었다.

특히 그가 피카딜리 서커스에서 화려한 기타 퍼포먼스를 선보였을 때 순간 시청률이 크게 치솟았을 정도로 사람들의 반응은 뜨겁게 달궈져 있었다.

그 정도로 한수가 보여준 모습은 정말 특별한 것이었다.

그러나 「싱 앤 트립」 시즌2는 제작 발표회를 갖지 못했다.

그 정도로 시청률이 잘 나왔는데도 불구하고 「싱 앤 트립」이 시즌2를 진행할 수 없었던 것은 한수의 공백 때문이었다.

그것은 「무엇이든 만들어드려요」도 마찬가지였다. 이 역시 한수 없이는 돌아갈 수 없는 프로그램이었다.

어쩌면 「싱 앤 트립」보다 「무엇이든 만들어드려요」가 한수를 필요로 하는 비중이 더 높다고 할 수 있었다.

「싱 앤 트립」 같은 경우 다른 베테랑 가수들을 데리고 촬영을 할 수 있다지만 「무엇이든 만들어드려요」는 그게 불가능해서였다.

게다가 둘 다 한수가 메인 역할로 활약한 프로그램들이었다.

그런데 한수 없이 시즌2, 시즌3를 제작한다는 건 황 피디 성미상 맞지 않는 일이었다.

그래서 황 피디는 정말 높은 시청률을 기록한 알짜배기 항목은 뒤로 미뤄둔 채 새로운 아이템으로 도전에 도전을 거듭해야 했다.

시청자 반응은 나쁘지 않았다.

시청률도 못 나온 건 아니었다. 그러나 황 피디로서는 뭐 하나 마음에 드는 게 없었다.

그리고 그 날 황 피디는 깨달았다.

그 정도로 한수가 차지하는 비중이 어마어마하게 크다는 것을.

그렇다 보니 황 피디는 한수가 하루라도 빨리 귀국하길 바랄 수밖에 없었다.

그래도 다행인 건 맨체스터 시티가 트레블을 거머쥔 것 덕분에 한수가 딱 한 시즌만 뛰고 은퇴할 가능성이 농후해졌다는 것 정도였다.

황 피디는 천재일우의 기회를 놓치지 않았고 그 덕분에 한수와 또 한 번 촬영할 수 있는 행운을 거머쥐게 되었다.

그러나 여전히 그는 배고팠다.

한수와 함께 더 다양한 예능 프로그램을 찍고 싶었다.

한편 촬영이 끝난 뒤 한수는 박 대표와 통화를 나눴다.

서현과 지연에게 질투심을 유발하게 했고 또 윤환과 승준은 부러움에 목마르게 했던 비키니 모델들과의 짜릿한 휴가 이야기가 오고 간 뒤 박 대표가 한수에게 물었다.

최근 한수를 둘러싸고 있는 것들 가운데 가장 껄끄러운 이슈에 관해서였다.

-진짜 그 레스토랑들은 방문한 적 없는 거 맞지?

"그렇다니까요?"

-그럼 별문제는 없을 거야. 그런데 그럼 어떻게 그 식당에서

만든 요리를 똑같이 만들어낼 수 있는 거야? 먹어보기는커녕 눈으로 본 적도 없다며.

"요리법은 인터넷을 뒤져보면 얼마든지 많이 나와요. 관건은 비법 소스하고 그 비율 문제인데 그건…… 그냥 어떻게 하다 보니까 알게 됐어요."

-알았어. 솔직히 말이 안 되는 이야기이긴 하지만 네가 언제부터 말이 되는 이야기를 했냐? 일단 이 문제는 더는 신경 쓰지 말자.

"네. 그리고 윤환 형은 어떻게 됐어요? 설득은 잘 되어가요?"

-어렵지 않을 거 같아. 2팀장님이 계속 설득 중인가 본데 환이는 아마 나 따라올 가능성이 높긴 하거든.

"당연히 그래야죠. 그것 때문에 형을 대표로 고용한 걸요."

-……그래, 열심히 하마.

박 대표가 떨떠름한 목소리로 대꾸했다.

"또 해줄 이야기 없죠?"

-어, 여기서 끝. 아, 맞다. 하나 더 이야기할 게 있는데 말 못하고 넘어갈 뻔했네.

"뭔데요?"

-저번에 말했잖아. 지상파에서 너 섭외하고 싶어 하는 피디 있다고.

"……제가 휴가 가면서 포기한 거 아니었어요?"

-포기하기엔 아직 이르다던데?

한수가 눈매를 좁혔다.

"좋아요. 누군데 그래요?"

박 대표가 대답했다.

한수는 당분간 무턱대고 여러 방송에 나올 생각이 없었다.

어차피 채널 마스터로서 채널을 확보해야 했고 또 그 채널을 마스터하려면 채널에 나와야 하는 것도 있었다.

그렇기에 한수는 틈틈이 텔레비전에 나오기는 하되 필요로 하는 프로그램에만 출연할 생각이었다.

그래서 빠른 시간 안에 채널 마스터의 능력을 확보하는 한편 영화 혹은 드라마 채널을 얻는 게 한수의 현재 목표였다.

물론 그렇게 하되 어디까지나 우선권은 황 피디에게 줄 생각이었다.

그동안 적지 않은 촬영을 해본 결과 황 피디하고 함께할 때 가장 궁합이 잘 맞는다고 한수 본인 스스로도 그렇게 생각하고 있었기 때문이다.

그랬기 때문에 박 대표가 이야기한 지상파 예능 프로그램도 썩 당기지 않았다.

박 대표는 두 명의 피디가 자신에게 섭외 전화를 걸어왔다고 했다. 그리고 그들 모두 꽤 저자세로 나오며 한수가 자신의 프로그램에 출연했으면 하는 의사를 밝히기도 했다.

우선 한 곳은 UBC였다. UBC에서는 거의 7년 넘게 장수했던 프로그램에 출연해 주길 원하고 있었다.

한수도 그 프로그램의 애청자였다. 게다가 이 프로그램에 출연한다는 건 의미가 남달랐다.

그 정도로 한수가 중요하게 평가받고 있다는 의미였다.

그러나 이 프로그램 같은 경우 워낙 코어팬들이 많은 데다가 조금이라도 책 잡힐 일을 했다가는 사회적으로 매장당할 수도 있는 일이었다.

다른 하나는 IBC에서 들어온 제안이었다.

이 역시 IBC에서는 「자급자족 in 정글」과 더불어 장수 중인 프로그램으로, 두 곳 모두 나름대로 무리하지 않는 선에서 제안을 해오고 있었다.

그러나 한수는 두 곳 모두 현재로써는 출연할 의사가 딱히 없었다.

일단 대학교 복학을 가장 우선시해서 신경 써야 할뿐더러 두 프로그램 모두 두 곳 지상파의 간판 프로그램인 만큼 신경전이 치열한데 어느 한 곳만 나가고 어느 한 곳은 안 나갈 수는 없는 일이었다.

무엇보다 지상파는 지금 당장 출연한다고 해도 채널을 확보하는 데 도움이 될 리가 없었다.

그럴 바에는 100% 가까이 확보해 둔 채널에 출연해서 그 채널을 마스터하는 게 합리적인 판단이 되어줄 수 있었다.

실제로 한수는 꽤 많은 프로그램을 100% 완벽하게 확보하며 채널 마스터로서의 입지를 조금씩 굳건히 하는 중이었다.

그렇게 한수는 「힐링 푸드」 촬영을 끝으로 한동안 집에서 머무르며 휴식 기간에 들어갔다.

몇몇 친한 지인들이 한수에게 찾아왔을 뿐 한수는 이렇다 할 대외적인 움직임을 보이지 않았다.

그 시간 동안 한수는 집에 머무르며 피로도를 소모하고 그 소모된 피로도를 이용해서 새로운 채널을 얻는 데 주력을 기울였다.

덕분에 한수는 상위 채널이라고 할 수 있는 「공공」 영역과 「공익」 영역의 채널도 확보할 수 있었다.

이제 「영화」 혹은 「드라마」까지는 몇 발자국 안 남게 된 것이었다.

그렇게 한수는 가파르게 성장을 거듭했고 그러는 사이 9월 초가 되었다.

1학년 2학기 개강 첫날.

한수는 오랜만에 촬영장이 아닌 대학교로 향할 수 있었다.

처음에만 해도 한수는 사람들의 시선을 의식해야 할지 말아야 할지 고민했다.

만약 의식한다면 람보르기니나 페라리를 타는 것보다는 대중교통을 이용해서 학교에 가는 게 옳았다.

그러나 의식하지 않는다면 자신의 차를 타고 가도 별문제 없었다.

그 문제에 있어서 꽤 고민했던 한수는 아랍에미리트 아부다비 왕국과 모로코를 갔다 와서 여러 경험을 하고 난 뒤 마음이 바뀌었다. 그리고 한수는 고민하지 않고 결정을 내렸다.

어차피 한 번뿐인 삶이었다. 게다가 자신에게는 채널 마스터의 능력이 있었다.

이 능력을 누군가에게 밝힐 수는 없겠지만 그렇다고 해서 자신에게 주어진 이 특별한 힘을 숨기고 싶지는 않았다.

그렇게까지 갑갑한 삶은 싫었다.

자유롭게 하고 싶은 건 마음껏 즐기면서 살아가고 싶었다.

즉, 누군가의 시선을 의식하고 살아가고 싶지 않았다.

자신이 잘못한 것도 아닌데 괜히 스스로 고개를 숙이고 다닐 필요는 없는 것이었다.

새빨간 페라리 한 대가 한국대학교 교정에 들어섰다.

사람들의 시선이 일제히 페라리에게 쏠렸다.

날렵한 몸체를 자랑하며 교정에 들어선 페라리는 경영대 주차장에 멈춰섰다.

웅성웅성-

경영대 학생들이 놀란 얼굴로 페라리 주변에 몰려들었다.

그들은 이 페라리의 차주가 누군지 알고 있었다. 모를 수 없었다.

주차장에 멈춰선 뒤 조용하던 그때 페라리 차 문이 열렸다. 순간 엄청난 환호성이 쏟아져 내렸다.

"형! 잘생겼어요!"

"오빠!"

그리고 차주가 페라리에서 내리기 시작했다.

페라리에서 한수가 내렸을 때 한수는 애들이 자신을 카메라로 촬영하고 있는 모습을 볼 수 있었다.

"……."

한수는 쏟아지는 플래시에 눈을 감았다. 저절로 한숨이 나왔다.

그동안 자신이 저지른 일을 생각해 보면 예상하지 못할 상황은 아니었다.

충분히 가능성 있는 일이었다.

이미 자신은 유명인이 되었고 애들 입장에서 자신은 연예인, 아니, 그 이상일 테니까. 그러나 학교 주차장에서도 이 정도인데 강의 중에는 어떨지 전혀 짐작이 가질 않았다.

'복학하지 말 걸 그랬나.'

그것도 잠시 한수는 자신을 둘러싼 인파를 뚫고 경영대로 향했다.

경영대에 도착했어도 사정은 비슷했다.

한수가 휴학한 지 2년이 지났다. 그동안 신입생들이 늘어났고 그들은 한수가 한국대학교 경영대에 재학 중인 사실을 알고 있었다.

그들이 보기에 한수는 신기루 같은 존재였다. 분명히 학적부에 이름이 올라가 있고 실제로 그와 강의를 들은 선배들도 많지만 정작 그들은 한수를 본 적이 없기 때문이다.

그렇다 보니 한수가 이번 학기에 복학한다는 소식에 다들 잔뜩 들떠 있었다.

한수는 대학교에서야 비로소 자신의 인기를 실감할 수 있었다.

그동안은 인기를 실감할 일이 많지 않았다.

구름나무 엔터테인먼트와 계약이 되어 있을 때는 촬영할 때마다 김 실장이 운전하는 밴을 타고 다녔고 영국에서 귀국한 이후에는 자신이 직접 운전해서 다녔다.

촬영이 끝난 이후에는 집에서 트위치TV로 게임 방송을 하거나 혹은 가족 또는 지인들을 초대해서 여가 시간을 보낸 게 대부분이었다.

즉 사람들과의 접촉이 드물 수밖에 없었다.

인터넷이나 텔레비전을 통해 보는 자신의 인기와 이렇게 실제로 체감하는 자신의 인기는 그렇기 때문에 적지 않은 온도차가 있었다.

한수는 첫 강의가 있는 강의실로 걸어갈 때마다 자신을 향해 쏟아지는 무수히 많은 시선을 느꼈다.

그 시선 대부분은 마치 외계인을 보는 듯 한수를 경이롭게 여기고 있었다.

몇몇은 질시 어린 눈빛을, 몇몇은 불편해하거나 혹은 짜증을 내고 있었다.

한수는 그들의 생각이 이해가 갔다. 그들 입장에서 한수는 시끄러움을 몰고 다니는 소음유발자였다.

한국대학생도 취업하기 어려워진 판국에 그들이 잔뜩 날선 반응을 보이는 건 당연한 일일지도 몰랐다.

그리고 강의실에 도착했을 때 한수는 낯익은 얼굴을 몇몇 볼 수 있었다.

"형, 오랜만이에요!"

그는 17학번 동기 김주성이었다.

"주성이 맞냐? 너 머리가 왜 그래?"

"왜긴요. 제대한 지 얼마 안 됐어요."

"아…… 그렇지."

한수가 2년 동안 다채로운 시간을 보내는 사이 한수의 동기 중 고등학교 3학년이었던 애들 대부분은 군대를 다녀온 것이었다. 빡빡 짧게 깎은 녀석의 머리가 이제야 이해가 갔다.

"진짜 반가워요, 형. 와, 진짜 무슨 연예인 보는 느낌이에요. 아, 연예인이 맞지. 하하."

"군대 갔다 와서 머리가 녹슨 거야? 왜 그렇게 회전이 느려?"

"그러게요. 하루라도 빨리 제대하길 얼마나 바랐는지 몰라요. 그래도 형 소식 들으면서 버틸 수 있었어요."

"응? 내 소식이 뭐 있다고?"

"하하, 제가 형 이름 좀 팔았거든요. 형하고 꽤 친하다고 했죠."

"그래서?"

"그랬더니 다들 안 갈구더라고요. 대신 사인 한 장 받아달라고 하기에 그러겠다고 했죠. ……형! 그 눈빛은 뭐예요?"

주성이 한수의 눈빛에 불안한 표정을 지어 보였다.

한수가 싱글벙글 웃으며 말했다.

"그럼 내가 사인 안 주면 되는 거네?"

"너무 잔인한 거 아니에요? 안 그래도 형 복학한다는 말에 제가 일주일 뒤 선임들 만나기로 했다고요!"

"인마. 제대했으면 남남이지. 뭐 그걸 또 만나기로 했냐?"

"그래도…… 어쨌든 복학해서 좋네요. 하하."

"……그러면 너는 서윤이 소식은 잘 모르겠구나."

"서윤 누나요? 아, 형 휴학할 때 누나도 미국 유학 갔잖아요. 그 이후로 소식이 끊겨서 어떻게 지내는지 저는 잘 몰라요."

"누구 아는 사람이 없을까?"

"글쎄요. 그때 우리 반 대표였던 형은 이미 졸업했고……. 음, 지금 길벗반 대표 누나면 알 수 있지 않을까요?"

"그래, 고맙다."

16학번 선배였던 이서윤, 그녀는 갑작스럽게 미국으로 유학을 떠나 버렸다.

그 이유는 전혀 알지 못했다. 그리고 한수도 어느 날 갑자기 소식이 끊겨 버렸다.

그 이후 그녀에 대한 소식은 일체 들은 바가 없었다.

'내가 복학할 때쯤 귀국하기로 했는데…… 어떻게 된 거지.'

걱정스러웠다.

그것도 잠시 한수 때문에 북적거리던 강의실이 조금씩 조용해졌다.

교수님이 들어왔기 때문이다. 슬쩍 강의실을 둘러보던 교수님이 한수를 보며 입을 열었다.

"이번 내 강의에 유명인사가 있다고 하던데 사실이었군."

"아닙니다, 교수님. 강의에 방해되지 않게끔 하겠습니다."

"자네가? 그럴 수 있겠나? 만약 자네가 지금 강의실 밖에 나가면 저 복도가 뒤집힐 게 뻔히 보이는데?"

"……죄송합니다."

"자네가 죄송할 게 뭐 있나. 하하. 그런 게 연예인인 거지. 괜찮네. 정 시끄럽게 굴면 그때는 죄다 학사경고 때릴 거라고 경고해 버리면 그만이니까 말이야. 그럼 강의를 시작하도록 할까?"

교수가 호탕하게 웃어 보였다. 한수는 그 말에 멋쩍게 웃을 수밖에 없었다.

복학하고 오랜만에 돌아온 교정은 조금 낯설었다.

1년도 아니고 딱 한 학기만 다녔으니 그럴 수밖에 없었다. 강의가 끝나고 한수는 수소문 끝에 미리 연락을 해뒀던 길벗반 대표를 만났다.

올해 4학년인 그녀는 서윤과는 16학번 동기이기도 했다.

"반가워요. 박유나예요."

"예, 안녕하세요. 강한수입니다."

"이렇게 만나게 되니 신기하네요. 그때는 분명히 그냥 걸그룹 노래 잘하는 후배인 줄 알았거든요."

박유나가 방긋 웃었다. 그 말에 한수 얼굴이 새빨갛게 달아올랐다.

신입생 환영회 때 한수는 장기자랑으로 걸그룹 노래를 준비해 갔었다. 그리고 야심 차게 율동을 곁들어서 노래를 불렀다.

물론 춤은 엄청나게 많이 까였지만 노래 하나만큼은 호평을 얻어낼 수 있었다.

물론 한수에게는 흑역사로 남아 있었다. 그런데 그걸 그녀가 다시 끄집어낸 것이었다.

한수가 헛기침을 하며 말했다.

"그걸 기억하고 계실 줄은 몰랐네요."

"그럼요. 영상도 남아 있는 걸요?"

"……예?"

한수 얼굴이 떨떠름해졌다. 그녀가 웃으며 입을 열었다.

"방송국에서 돈 주고 사간다고 했는데도 일부러 비공개로 홈페이지에만 올려둔 상태에요."

"……원래 다 그렇게 합니까?"

"아뇨. 학년마다 유독 특별했던 몇몇만요. 호호."

"……."

한수가 한숨을 내쉬었다. 그 모습에 그녀가 웃음을 터뜨렸다.

"설마 진짜 믿은 거 아니죠?"

"……."

"미안해요. 바로 본론으로 넘어갈게요. 서윤이 때문에 저 찾은 거 맞죠?"

"예, 맞습니다. 서윤이는 어떻게 된 건가요? 진짜 미국에 유학하러 간 건가요?"

한수가 박유나를 보며 물었다.

머뭇거리던 그녀가 한숨을 길게 내쉬었다.

그리고 고민 끝에 그녀가 입을 열었다.

"일단 서윤이가 미국에 간 건 맞아요. 후배님한테도 몇 번 연락이 가지 않았었나요?"

"예, 연락이 오긴 했죠. 그 이후로 어느 날 연락이 뚝 끊겼지만요."

"사실 서윤이는 유학 때문에 미국에 간 게 아니에요."

한수가 그 말에 입술을 깨물었다. 사실 어느 정도 짐작은 하고 있었다. 다만 그것을 섣부르게 이야기 꺼내지 못했을 뿐이다.

한창 한국대학교를 잘 다니고 있던 서윤이 갑작스럽게 한국을 떠날 이유는 없었으니까.

특별한 속사정이 있을 것이라고 어림잡아 생각은 했다.

한수가 조심스럽게 물었다.

"……많이 아픈가요?"

"예, 많이 아파요."

그녀는 한수에게 쐐기를 박았다.

한수가 미간을 구겼다. 그가 입술을 깨물며 물었다.

"어디가 아픈 거죠? 한국에서 치료받을 수는 없던 건가요?"

"어렸을 때부터 앓던 유전병이에요. 그나마 완화가 되긴 했는데…… 갑작스럽게 재발했다고 들었어요. 그런데 국내에는 관련 연구가 많이 진행되질 못해서 미국으로 건너간 거예요. 후배님한테는 말하기 싫어했어요. 아픈 걸 밝히기 싫다고요."

"어느 병원에 입원해 있는지 알 수 있을까요?"

"서윤이는 후배님이 찾아오길 바라지 않을 거예요."

"……."

한수가 입술을 깨물었다.

그녀가 무슨 뜻으로 이야기하는 것인지 어림잡아 짐작할 수 있었다.

"고맙습니다."

"그래도 서윤이는 후배님 덕분에 밝게 지내고 있어요. 후배님이 나오는 프로그램이나 콘서트 동영상 같은 걸 보면서 되게 기운 내는 거 같더라고요."

"정말인가요?"

"예, 홍대에서 버스킹했을 때도 서윤이가 후배님 도와줬다면서요?"

한수가 고개를 끄덕였다.

벌써 2년도 더 된 일이다. 한수의 운명을 바꿔버린 일이기도 했다.

한국대학교에 다니고 무사히 졸업할 줄 알았던 한수한테 홍대에서 했던 버스킹은 여전히 기억에 생생하게 남아 있었다.

그 덕분에 윤환을 만나게 됐고 연예인을 하게 됐다. 그리고 채널 마스터의 길을 완전하게 걷기 시작했다.

그때 서윤은 한수가 셋리스트를 선정하는 걸 도와줬었다.

자신의 일인 것처럼 열심히 도와주던 그녀 모습이 머릿속에 곧장 떠올랐다.

그럴 수밖에 없었다. 서윤은 한수의 첫 번째 관객이었기 때문이다. 그리고 첫 번째 팬이기도 했다.

처음이라는 건 그만큼 특별한 의미를 갖게 되게 마련이었다.

"너무 걱정하지 마요. 차츰 쾌차 중이라고 들었어요."

"……연락해 보는 것도 어려울까요?"

"글쎄요. 그건 서윤이 의사부터 먼저 물어봐야 할 거 같아서요. 연락해 보고 나서 알려드려도 되겠죠?"

"그럼요. 감사합니다."

한수가 고개를 꾸벅 숙였다. 그녀가 손사래를 치며 말했다.

"별말씀을요."

한수는 커피숍을 나왔다.

한수를 알아보고 기다리고 있던 몇몇 사람이 그한테 사인을 받으려 했지만 좀처럼 다가가질 못했다.

한수에게서 자연스럽게 풍겨 나오는 우울한 기분 때문이었다.

한수는 곧장 집으로 돌아왔다. 그리고 그는 으레 하던 것처럼 낡은 텔레비전을 켜고 피로도를 소모하는 게 아니라 컴퓨터를 켰다.

얼마 뒤 부팅이 완료된 컴퓨터에서 인터넷에 들어간 뒤 한수는 유튜브에 접속했다.

그런 다음 자신과 관련 있는 영상을 찾아보기 시작했다.

한수가 한국에서 나온 몇몇 예능 프로그램 동영상에 영어 자막이 입혀진 채 게시되어 있었다.

한수가 나온 부분만 편집되어 올라온 것이었다.

개중 가장 높은 조회 수를 기록 중인 건 「Whatever it takes」 그리고 「싱 앤 트립」이었다.

아래 댓글로는 연신 사람들이 감탄을 토해내며 한수의 재능을 부러워하고 시기하고 있었다.

한수는 자신이 나온 몇몇 동영상을 훑어보다가 고개를 저었다.

그 모든 동영상을 게시한 사람의 이름은 하나같이 똑같았다.

제시 리(Jessi Lee).

한수는 그녀가 누군지 알 것 같았다. 사실 처음 그 이름을 봤을 때부터 짐작은 했다. 리(Lee)라는 성 때문이었다.

그러나 오늘 박유나에게 들은 이야기를 토대로 확신이 입혀졌다.

제시 리.

그녀는 이서윤, 그녀인 게 분명했다.

서윤이 제시 리(Jessi Lee)인 걸 알게 됐지만, 그녀하고 연락을 취할 방법은 없었다.

결국 그건 그녀의 선택에 달려 있는 것이었다. 일단 박유나가 그녀하고 연락을 해보겠다고 했으니 그것을 기다릴 수밖에 없었다.

'많이 아픈 건가.'

처음 봤을 때만 해도 무척 밝아 보였던 그녀다.

갑자기 그녀가 미국으로 떠난 이유가 하나둘 이해가 갔다. 그리고 미국에 가서도 그녀가 여전히 자신을 잊지 않았다는 것 또한 알 수 있었다.

그때였다.

제시 리가 서윤인 걸 알게 된 뒤 어떻게 해야 멍한 생각에 이도 저도 하지 못할 때 황 피디에게 전화가 왔다.

"예, 피디님. 무슨 일이세요?"

-한수 씨, 복학했더라고요. 축하해요.

"축하는요. 근데 복학한 건…… 인터넷에 떴나 보네요."

-당연하죠. 한수 씨는 요주의 인물이라니까요. 하하.

한수가 어색하게 웃었다.

"그런데 무슨 일 있으세요?"

「힐링 푸드」 촬영은 끝이 났다.

이번 촬영은 어디까지나 황 피디가 내놓은 기획이 마음에 들었기에 참여한 것이었다.

황 피디는 「힐링 푸드」 촬영이 끝난 이후에 한수에게 몇 가지 예능 프로그램 기획안을 내밀었지만 한수는 즉답을 회피하고 있었다.

어쨌거나 한수의 궁극적인 목적은 채널 마스터였다.

그리고 황 피디가 지금 소속되어 있는 「TBC」 채널은 이미 확보한 지 오래였다.

채널 마스터가 되려 한다면 굳이 TBC 예능 프로그램에 출연할 이유가 없는 것이었다.

그럴 바에는 차라리 다른 프로그램에 출연하는 게 훨씬 더 나은 선택이 될 터였다.

한수가 그런 생각을 하고 있을 때 황 피디가 조심스럽게 물어보는 게 느껴졌다.

-한수 씨, 당분간 예능 촬영은 안 할 생각이에요?

"……흠, 아마도 그럴 거 같아요."

-학업 때문인가요?

아무래도 황 피디는 학업 때문에 한수가 바빠서 프로그램 촬영을 더 이상 하기 싫어한다고 오인하는 듯했다.

고민하던 한수가 대답했다.

"그것도 있고 그동안 황 피디님하고 정말 많이 촬영을 함께 했잖아요."

-그건 그렇죠.

"이번에는 2년 만에 복귀작이니까 함께 한 거고 또 취지가 좋아서 한 거긴 한데…… 당분간은 쉬어두는 게 좋을 듯해서요."

-흐음, 그런가요? 아쉽네요. 저는 한수 씨만 보면 하고 싶은 게 정말 많아서 계속 함께 촬영하고 싶어지거든요.

"하하, 다른 좋은 사람도 많잖아요. 굳이 저에 얽매이실 필요 있으시겠어요? 만약 그러다가 제가 맨체스터 시티에 입단한 것처럼 다른 길로 빠져 버리면 어떻게 하시게요?"

-그러게요. 이거 참, 사람이 이것저것 다 잘하는 게 이렇게 머리 아픈 일인지는 이제 알았네요. 그럼 당분간 모든 방송 촬영은 쉬는 건가요?

"아뇨, 그건 아니에요."

-에? 그러면요? 다른 곳에서 섭외 들어왔어요? 출연료 얼마나 부르던가요? 제가 그 금액의 더블을 줄 수도 있는데…….

"그런 건 아니고요. 예능 말고 다른 거에 도전해 보고 싶어서요."

-다른 거요? 이를테면…….

"교양이나 다큐멘터리? 아니면 교육 채널도 좋고요."

-……하하, 알겠습니다. 한수 씨, 혹시 마음 바뀌면 언제든지 연락 주세요. 아, 그리고 「하루 세끼」 시즌3는 꼭 나오셔야 하는 거 아시죠?

"환이 형이 원한다면 생각해 보겠습니다."

한수는 전화를 끊었다.

황 피디는 정말 좋은 사람이었다.

그는 항상 한수를 배려했고 또 언제나 한수에게 스포트라이트가 가게끔 했다.

그가 연예계에 입성할 수 있었던 건 윤환의 도움이 가장 크지만 그를 꽃 피우게 한 것은 황 피디였다.

또한, 「하루 세끼」 시즌1이 바로 그 시작이었다.

만약 황 피디를 만나지 못했으면 「하루 세끼」는 물론 한수를 세계적으로 유명한 가수로 만든 「싱 앤 트립」이나 또는 쉐프로서의 명성을 쌓게 한 「무엇이든 만들어드려요」 같은 프로그램도 없었을 것이다.

한수는 머리 검은 짐승이 될 생각은 없었다. 그가 황 피디에 진 빚은 적지 않았기 때문이다.

한수는 집에서 쉬면서 앞으로 어떤 채널을 확보해야 할지 확인하기 시작했다.

일단 현재까지 한수는 최하위 카테고리 네 개 가운데 세 개 채널은 완벽하게 마스터를 해둔 상태였다.

최하위 카테고리에는 모두 네 개가 존재했다.

「스포츠」, 「레저」, 「교육」 그리고 「음악」.

개중에서 한수는 「스포츠」, 「레저」와 「음악」은 이미 마스터를 끝낸 상태였다.

「스포츠」 같은 경우 「IBC Sports」 채널과 「OZN」 채널을 마스터하며 그 조건을 완료했다.

「레저」는 「퀴진 TV」로, 「음악」은 「K-POP STAR」를 통해 마스터했다.

이제 남은 건 하나였다.

「교육」.

그리고 한수가 「교육」에서 확보한 채널은 하나였다.

「EBS PLUS1」.

그래서 한수는 지난번 유 차장한테 미리 연락을 해둔 적이 있었다.

만약 「EBS PLUS1」까지 모두 확보할 경우 어떤 일이 일어날지 궁금했기 때문이다.

최하위 카테고리 네 개 모두 완벽하게 확보하는 것이었으니까.

그리고 그는 재차 유 차장에게 전화를 걸었다.

최근 통화했던 유 차장은 EBS PLUS1 채널 담당 피디하고 협의를 하고 있다고 했다.

당연히 그들의 반응은 긍정적이었다.

어중간한 인사도 아니고 월드 스타로 불리는 한수다.

그가 개런티 없이 학생들을 위해 「EBS PLUS1」 채널에 나오고 싶다고 밝혔는데 그것을 거절했다가는 EBS 사장한테 제대로 한 소리 들을 게 분명했다.

얼마 지나지 않아 바로 전화가 걸렸다.

-아이고, 강한수 씨.

"안녕하세요. 유 차장님, 접니다. 어떻게 저번에 부탁드린 일은 잘되어가고 있나요?"

-물론입니다. 사장님부터 다들 호의적이셔서요. 그런데 단발성 출연이라서 다들 그 점을 조금 아쉬워하시더라고요.

"유 차장님, 죄송하지만 저는 단 1회만 출연할 생각입니다. 그 이상은 출연할 의사가 전혀 없습니다."

한수의 단호한 말에 유 차장이 적잖게 당황하는 게 느껴졌다.

머뭇거리던 그가 아쉬운 목소리로 물었다.

-알겠습니다. 한수 씨 뜻은 제대로 전달하겠습니다.

"예, 감사합니다. 섭외가 되는 대로 연락 부탁드리겠습니다."

한수는 전화를 끊었다.

어중간하게 그들이 하는 요구 하나하나를 다 들어주다가는 정작 자신의 일은 제대로 처리하지 못할 게 분명했다.

그래도 단발성 출연은 싫다고 거절해 버린다면? 그러면 다른 채널을 공략하면 그만이었다.

한수는 눈살을 찌푸렸다.

호의가 계속되면 권리인 줄 안다더니 노 개런티로 출연하겠다고 의사를 밝힌 것에 대해 그들은 제대로 호구 잡혔다고 생각하는 것 같아 기분이 영 좋지 않았다.

그리고 얼마 지나지 않아서였다.

다시 전화가 걸려왔다. 유 차장이었다.

-그쪽에서 연락이 바로 왔습니다. 한수 씨가 말한 대로 의견을 전달했고 그들은 곧장 단발성 출연이어도 상관없으니까 원하는 게 무엇인지 이야기해 주면 바로 수용하겠다고 하더군요.

"잘됐군요."

아무래도 강경하게 나선 것이 여러모로 도움이 된 듯했다.

-기획안은 제가 직접 짜는 것보다는 그쪽이 짜는 게 더 나을 거 같네요. 그렇게 전달해 주세요. 그럼 알아서 해주겠죠.

"예, 알겠습니다."

한편 한수가 한국대학교에 복학했다는 건 교내에나 교외에나 꽤 흥미로운 소식이었다.

특히 교내에서 한수의 인기는 여러모로 과열되어 있다고 할 수 있었다.

한수가 지나갈 때마다 구름 같은 인파가 그 뒤를 따랐다.

그렇게 되다 보니 한수 입장에서는 학교에 다니는 게 여간 골치 아픈 일이 아니었다.

이래저래 프라이버시를 제대로 보호받지 못하는 느낌이었다.

'이럴 줄 알았으면 복학하지 말 것을'이라는 생각이 들었을 정도였다.

그렇게 불편함을 감수한 채 학교에 다니던 한수는 이틀 만에 다시 박유나를 만날 수 있었다.

서윤의 소식을 전해주기 위해서였다.

"미안해요. 서윤이는 연락하고 싶지 않대요."

"서윤이 본인 뜻이 맞나요?"

"예, 제가 뭐하러 거짓말을 하겠어요? 어쨌든 저는 할 말 다 했으니까 이만 가볼게요."

박유나는 그대로 자리를 박차고 일어났다.

한수가 눈살을 찌푸렸다. 그래도 직접 연락을 하고 싶다고 하면 피드백이 올 줄 알았다.

아쉬움이 짙게 남았다. 하지만 본인이 연락하고 싶지 않다는데 굳이 연락할 수도 없는 일이었다.

한수는 서윤에 대한 생각을 말끔하게 지우기로 마음먹었다. 어디가 아픈지 또 어느 병원에 입원한 건지 무슨 일이 일어난 건지 궁금했지만, 그녀가 밝히기 싫다는데 굳이 캐묻고 싶지 않았다.

서윤에 대해 호감을 갖고 있긴 했지만 그게 끝이었다.

굳이 싫다는 사람 잡아가면서까지 찾을 생각은 없다는 뜻이었다.

그렇게 서윤에 대한 생각은 까맣게 지운 채 한동안 한수는 방송 출연을 자제하며 학업 활동에 집중했다.

그때였다.

연락이 왔다. 한수에게 연락을 해온 곳은 EBS였다.

그들이 드디어 기획안을 짜온 모양이었다. 그래도 닷새밖에 안 걸린 걸 감안하면 생각 외로 유능한 피디가 EBS에 있는 듯 했다.

EBS 본사에 한수가 도착했다. 기획안 회의가 있는 날이었다.

단발성 출연이었다. 한수 입장에서는 텔레비전에 자신이 나오기만 하면 되는 일이었다.

이 부분을 뚜렷하게 명시해 뒀으니 그에 맞춰 프로그램을 준비해 왔을 터였다.

박 대표는 굳이 「EBS PLUS1」에 나가야 하는 이유가 있냐고 투덜거렸다.

그것 말고도 한수를 찾는 프로그램이 수두룩하다는 게 그의 이유였다.

지난번 UBC에서 제의 온 프로그램이 여전히 유효하다는 말도 덧붙였다. 하지만 돈 문제는 한수에게 더 이상 중요치 않았다.

지금 당장 한수에게는 채널 마스터가 되는 일이 가장 중요했다.

그렇게 회의실에 들어온 한수는 그곳에서 머리가 살짝 벗겨진 장년의 남자를 만날 수 있었다.

한수를 알아본 그가 웃으며 인사를 건넸다.

"반갑습니다, 강한수 씨. EBS 이형주 국장입니다."

"예, 강한수입니다."

"일단 자리에 앉으시죠."

정중히 자리를 권한 뒤 이 국장이 한수를 보며 입술을 떼었다.

"처음 유 차장님이 한수 씨가 저희 방송에 출연하고 싶어 하신다고 말씀하셨을 때만 해도 믿기 어려웠습니다. 한수 씨는 지금 부르는 몸값이 엄청나다고 들었거든요. 그런데 노 개런티로 출연하신다는 말을 듣고는 조금 뜻밖이었습니다."

"그럴 만한 사정이 있습니다."

"예, 알고 있습니다. 수학능력시험을 얼마 안 앞둔 후배들을 위해서라고 들었습니다."

"……그렇다고 해두죠."

그가 멋쩍게 웃었다.

"하하, 시원하시군요. 그런데 단발성 출연이다 보니 조금 난감했습니다. 단 1회 강연으로는 시간을 내는 게 조금 어려웠거든요. 수학능력시험이 끝날 때까지 스케줄이 꽉꽉 차 있어서요."

"예."

"그래도 한수 씨가 저희 방송에 출연해 주신다는 데 그 기회를 놓칠 수도 없는 일이고…… 그렇다 보니 외부에서 피디 한 분을 모셨습니다. 그분께 한번 부탁을 드려봤더니 흔쾌히 허락해 주시더군요."

"……외부에서요?"

"예, 걱정하지 않으셔도 될 겁니다. 한수 씨와 대단히 밀접한 관계라고 들었습니다."

한수는 그 말에 순간 떠오르는 얼굴이 있었다.

'설마…….'

한수가 설마 하는 생각을 할 때였다. 회의실에 낯익은 얼굴이 들어왔다.

"……황 피디님."

그는 황금사단을 이끌고 있는 황 피디였다.

한수가 당혹스러운 얼굴로 황 피디를 바라보며 물었다.

"여긴 왜 오신 겁니까?"

그가 웃으며 대답했다.

"하하, 한수 씨 오해하지 마세요. 평소 이 국장님하고 아는 사이였어요. 그러다가 이 국장님이 도움을 요청하셔서 한 번 도와드리러 온 것뿐입니다."

한수는 멋쩍은 얼굴로 그를 바라봤다. 속이 훤히 보이는 말이다. 그러나 한편으로는 그의 집요함에 새삼 혀를 내두를 수밖에 없었다.

결국 한수가 황 피디에게 물었다.

"이번에는 또 어떤 마법을 부리고 싶으신 겁니까?"

사람들은 종종 오해를 하곤 한다.

한수의 재능이 특별했기 때문에 한수가 출연한 모든 프로그램마다 흥행할 수 있었다고. 그러나 한수는 그 의견이 절반만 맞는다고 생각했다.

흥행할 수 있던 요인 중에는 자신이 텔레비전을 통해 얻은 채널 마스터의 능력이 있었다. 하지만 그게 모든 걸 만들어낸 건 아니다.

시청자들의 기호에 맞춰 프로그램 기획안을 짜낸 작가와 그 기획안에 맞춰 프로그램을 연출한 피디의 몫도 적지 않다.

한수는 그 사실을 알고 있기 때문에 늘 황 피디와 그가 이끄는 황금사단의 능력을 존중하고 있었다.

그들이 지금 부침을 겪고 있다고 해도 언젠가는 다시 성공할 것을 알고 있기 때문이다.

황 피디가 환하게 웃었다. 황 피디는 한수가 나이에 맞지 않게 사회 경험이 풍부하고 생각하는 게 깊다는 걸 알고 있었다.

그가 미소를 지으며 말했다.

"국장님 말씀으로는 단발성 출연이라고 하더군요. 맞습니까?"

"예, 그렇습니다. 단 1회만 출연하고 싶습니다. 그게 어렵다면 출연은 없는 일이 되겠죠."

황 피디는 그 말에 의아한 얼굴로 한수를 바라봤다.

지금 그의 시간은 다이아몬드 같다는 이야기가 있다. 그 정도로 한수의 시간을 사는 게 어렵다는 의미다.

그런데 노 개런티로 「EBS PLUS1」 방송에 나오고 싶어 한다는 말을 이형주 국장한테 들었을 때 황 피디는 어처구니없는 표정을 짓고 말았다.

부르는 곳이 수십 곳이고 부르는 몸값이 수억인데 그걸 걷어차고 굳이 선택한 곳이 「EBS PLUS1」이라는 걸 믿기 힘들어서였다.

그래서 황 피디도 개런티 없이 이형주 국장을 돕기로 했다. 한수의 생각을, 그가 갖고 있는 의중을 읽어내고 싶어서였다.

한수와 오랜 시간 함께 가기 위해서는 필연적인 선택이기도 했다.

"알겠지만 그렇게 하려면 특강 말고는 방법이 없습니다. 그래도 괜찮으시겠죠?"

"물론입니다."

"좋습니다. 혹시 선호하는 강의가 있으신가요?"

"음, 어느 과목이든 상관없을 거 같습니다."

"좋네요. 제 팀이 만들어 온 기획안입니다. 한번 확인해 보시죠."

황 피디가 기획안을 내밀었다. 한수는 그것을 받아든 다음 단숨에 훑어 내려갔다. 그리고 그는 실소를 머금었다.

확실히 황 피디는 교양국과 어울리지 않았다. 그는 예능국에 완전히 뿌리내린 인물이었다.

"이 정도면 몰래카메라 아닙니까?"

"그러니까 더 재미있죠. 이 정도면 괜찮으시죠?"

"……딱히 문제 될 건 없네요."

황 피디가 기획안의 베이스로 깐 건 「몰래카메라」였다.

몰래카메라는 꽤 오래전부터 사랑을 받았다.

시간이 지나고 프로그램은 폐지됐지만, 여전히 그 포맷은 방송 곳곳에서 쓰였다.

논란에 휩싸이기도, 구설수에 오르기도 했지만 피디들은 몰래카메라를 종종 유용하게 써먹곤 했다.

그들이 몰래카메라를 써먹은 이유는 그만큼 몰래카메라가 갖고 있는 특별한 힘 때문이었다.

몰래카메라를 당하고 있다가 그것이 밝혀지면서 통쾌하거나 혹은 감동하거나 하는 등 상대방이 반응을 보이면 그 이후에 오는 쾌감은 더욱더 커다랗게 마련이다.

한수가 고개를 끄덕였다.

"좋아요. 이대로 하죠. 대신 촬영은 가급적 빠르게 해줄 수 있을까요?"

"물론이죠. 학생들 공부에 지장이 가면 안 되니까요."

"알겠습니다. 그럼 잘 부탁드립니다, 황 피디님."

기획안 회의가 끝난 뒤 이형주 국장이 없는 가운데 한수는 황 피디와 독대했다.

한수가 황 피디를 빤히 쳐다보며 물었다.

"어떻게 아신 거예요?"

"방송국에 제 인맥들이 드글드글합니다. 돌고 도는 게 소문이고요."

유 차장이 EBS에 의사를 타진하는 동안 소문이 돌았을 테고 황 피디는 그 소문을 건져냈다.

"만약 제가 아니었으면 연출을 맡지 않으셨을 건가요?"

"글쎄요. 아마 그럴 가능성이 크겠죠. 그리고 애초에 TBC에서 허락을 안 해줬을 걸요? 하하."

황금사단은 TBC 소속이다. 그런데 그들이 EBS에서 프로그램을 연출하려고 하고 있다.

TBC에서 사전에 허락이 떨어져야 가능한 일이다.

한수는 집요한 황 피디를 보며 고개를 절레절레 저었다.

"정말 황 피디님 고집은…… 대단하군요."

"고집이라고 할 거까지야 있겠습니까? 이게 다 한수 씨하고 함께 방송하고 싶어 하는 열망이라고 생각해 주십시오."

"어휴, 남자가 쫓아다니는 건 진짜 별로인데 말이죠."

그때였다.

황 피디가 훅 치고 들어왔다.

"한수 씨. 한수 씨가 목표로 하는 건 여러 채널에 나오는 겁니까?"

"예? 그게 무슨 말씀이시죠?"

"솔직히 한수 씨가 최근 보여주는 모습을 보면 이해가 안 가는 점이 많아요. 이를테면 히어로즈 오브 레전드 이벤트 매치, 굳이 한수 씨는 거기 나갈 필요가 없었어요. 나가봤자 번거로울 게 뻔하니까요. 그런데 이벤트 매치에 나가셨더라고요. 그리고 이번 「EBS PLUS1」도 그래요. 노 개런티로 굳이 나올 이유가 없잖아요. 그래서 추론하다 보니까 채널마다 얼굴을 한 번씩 비추고 싶으신 건가 하는 생각이 들더라고요."

한수는 날카로운 황 피디 질문에도 포커페이스를 유지했다. 그가 웃으며 대답했다.

"그런 건 아닙니다. 그냥 한 번쯤 해보고 싶던 걸 이루어 나가는 과정일 뿐이죠."

"그럼 언젠가 연기도 해보시겠군요."

연기.

한수가 고개를 끄덕였다.

멀지 않았다. 이제 두 걸음 정도 내디디면 닿을 수 있는 거리에 있다.

한수가 웃으며 말했다.

"물론이죠. 배우는 제 꿈이니까요."

얼마 지나지 않아 촬영이 이루어졌다.

촬영이 이루어진 곳은 강북에 위치한 남녀공학 고등학교였다.

수학능력시험을 몇십 일 정도 앞둔 수험생들을 대상으로 이번 몰래카메라가 진행될 예정이었다.

프로그램 제목도 간단했다.

「간다! 간다! 강한수가 간다!」였다.

한창 야간자율학습 중인 학생을 대상으로 이번 이벤트가 열릴 예정이었다.

야간자율학습 중인 학생들은 하필이면 오늘 야간자율학습 도중 특강이 있을 것이라는 말에 다들 지루한 표정을 지어 보이고 있었다.

학교는 잠을 자러 오는 곳이라는 인식이 강했다. 대부분의 학생들은 학교보다 학원에서 공부를 했고 그 학원 내용을 학교에서 복습하는 데 그치고 있었다.

그렇다 보니 어떤 특강 강사가 온다고 한들 그들의 이목을 잡아끌기란 쉽지 않은 일이었다.

그 후 예정대로 특강 강사가 교실에 들어왔다.

그는 제작진이 섭외해 둔 평범한 학원 강사였다.

그가 특강을 진행했지만, 예상대로 학생들의 반응은 지루하기 짝이 없어 하고 있었다.

하품을 하는가 하면 아예 책상에 머리를 박고 자는 경우도 있었다.

그러는 사이 마스크에 선글라스를 낀 한수가 교실에 들어왔다.

엄청 큰 키에 선글라스와 마스크로 얼굴을 가렸는데도 불구하고 딱 티가 나는 연예인 포스에 시들하던 아이들이 하나 둘 반응을 보이기 시작했다.

서로 속닥거리며 누군지 유추하는 기색이 역력했다. 축구를 좋아하는 몇몇 남자애들은 눈을 휘둥그레 뜨고 있었다.

'뭐야? 강한수 맞아?'

'설마. 강한수가 여기를 왜 오냐?'

'미친? 말이 돼?'

그럴 때였다.

강한수가 천천히 마스크와 선글라스를 벗었다.

그리고 교실에서 환호성이 터져 나왔다.

"말도 안 돼."

"대박!"

졸지에 한수가 방문한 교실은 무슨 전쟁이라도 난 것처럼 야단법석이 나 있었다.

오히려 옆에서 야간자율학습 중이던 다른 반 학생들이 짜증을 낼 정도였다.

“아이 씨. 2반 놈들 미쳤나.”

“조용히 공부나 하지. 무슨 연예인이라도 왔나? 왜 저래?”

“걔네들만 오늘 특강 듣는다잖아. 그래서 열 받아서 그런 거 아니야?”

“하긴. 잠잘 수 있는데 특강 들어야 하니까 빡치긴 하겠다.”

“뭔 일이지? 궁금하네.”

그러나 야간자율학습 시간에 교실 밖으로 나가볼 수도 없는 노릇이었다.

한수는 학생들을 진정시켰다.

조금 전까지만 해도 동태눈을 하고 있던 아이들은 어느새 초롱초롱 눈망울을 빛내고 있었다.

한수가 그들을 보며 말했다.

“소란스럽게 해서 미안해요.”

“아니에요. 괜찮아요!”

“쉿. 너무 큰 목소리로 말하진 말고요. 이건 서프라이즈니까요.”

“아…… 네!”

그렇게 3학년 2반 교실에서 한수는 미션을 수행하기 시작했다.

그것은 여러 교과목 가운데 한 교과목의 기출 문제를 완벽하게 풀이한 다음 애들한테 설명해야 하는 것이었다.

제아무리 전국 수석이라고 해도 쉽지 않은 일이었다.

모든 기출 문제를 완벽하게 외우고 있는 건 불가능한 일이었기 때문이다.

하지만 한수는 어렵지 않게 처음 주어진 문제를 완벽하게 풀이했다.

한수의 풀이를 듣고 있는 아이들이 귀를 쫑긋 세웠다.

제작진의 패배였다.

그 이후 한수는 계속해서 랜덤하게 주어진 문제를 완벽하게 풀이해 보였고 학생들은 흠모의 눈빛을 한수에게 보내고 있었다.

그 뒤 한수는 계속해서 특강을 이어나갔고 틈틈이 아이들의 짓궂은 질문들도 적절하게 받아치는 등 능숙한 모습을 보였다.

가만히 촬영 중이던 황 피디가 그 모습을 보며 고개를 절레절레 저었다.

"한수 씨는 교육자로서도 재능이 있나? 애들을 되게 잘 가르치네요."

"그러게요. 교단에 서본 적도 없을 텐데…… 신기하네요."

그러는 사이, 시간이 훌쩍 지나갔다.

어느덧 시계는 오후 열 시를 향해 가고 있었다. 오후 열 시에는 야간자율학습이 끝난다. 다른 반 학생들에게 들키기 전 한수도 교실을 떠나야 했다.

특강이 어느 정도 끝난 뒤 이번에는 한수의 묘기가 펼쳐졌다.

한수는 아이들 앞에서 축구공을 가지고 트래핑을 해 보이거나 혹은 에릭 클랩튼에게 선물 받았던 기타로 잔잔한 어쿠스틱 연주를 해 보이는 등 아이들과 한데 어울려 즐거운 시간을 보낼 수 있었다.

단발성 촬영이긴 했지만, 현장에서의 반응은 최고였다. 아마도 이번 촬영이 방송을 타게 된다면? 그 반응 역시 나쁘지 않을 게 분명했다.

개중에는 자신 학교에도 찾아와 달라고 부탁하는 학생들도 더러 있을 게 분명했다.

그러나 한수에게는 어디까지나 「EBS PLUS1」채널을 완벽하게 확보하기 위한 교두보에 불과했다.

단발성 촬영인 만큼 또 이런 이벤트를 벌일 생각은 없었다. 그렇게 9월 초 촬영했던 방송은 10월 초가 되어야 방송을 탈 수 있었다.

한수는 떨리는 마음을 억누른 채 방송을 직접 구형 텔레비전으로 보고 있었다.

과연 어떠한 보상을 선택할 수 있을지 기대가 되었다.

얼마 지나지 않아 수학능력시험 대비 특강이 끝났다. 그리고 예고했던 시간이 되었다.

상운고등학교 특강편이었다. 지루하고 따분한 강의가 이어지고 있었다.

그러다가 마스크에 선글라스를 쓴 남자가 교단에 난입했다.

처음에만 해도 반신반의하던 아이들이었다. 그러나 한수가 정체를 밝힌 순간 그들 모두 기겁하기 시작했다.

그 이후 한수가 다양한 분야의 기출문제를 막힘없이 풀이하는 모습이 보였다. 그리고 몇십 년 교단에서 있던 선생님이나 스타 강사처럼 능숙하게 특별강의를 진행하는 모습이 화면에 담겼다.

-어? 저기 우리 학교인데? 뭐야? 강한수 왔었어?

-언제 온 거야? 미친, 3학년 2반이지? 왜 쟤네만 갔어?

-와! 너무하네. 그럼 그때 2반 놈들 소리 지른 거 강한수 와서 그런 거였어?

-우리 학교도 강한수 좀 보내주세요!

-저는 블루블랙 오빠들 좀 보내주세요!

└그 머리 빈 짐승돌이 특강할 수 있겠냐?

ㄴㄴ말 다 했어요? 이거 캡처해서 신고할 거예요.

조용하던 시청자 게시판도 어느새 활발해져 있었다.

그 순간 알림이 떴다.

[카테고리 7에 속해 있는 모든 항목을 완벽하게 마스터하였습니다.]

[그에 걸맞은 보상이 주어집니다. 보상을 선택하세요.]

여러 보상이 주어졌다. 하나하나 특별한 보상들이었다.

그때였다. 재차 알림이 떴다.

[카테고리3에 대한 봉인이 해제되었습니다. 이제부터는 「영화」 혹은 「드라마」와 관련 있는 채널을 확보하실 수 있습니다.]

그리고 한수가 그토록 고대하던 그 순간이 찾아왔다. 알림이 재차 떠올랐다.

[단, 이번 한 번에 한해 적용되는 특권입니다.]

특권이었다. 그래도 한수 입장에서는 더할 나위 없이 즐거운 선택이었다.

그러나 여기서 또 선택을 해야 했다.

「영화」 혹은 「드라마」.

둘 중 한 갈래를 골라야만 했다. 영화와 드라마는 조금씩 차이가 난다.

영화배우가 드라마를 촬영하다가 연기력 비판에 휩싸이는 건 비일비재하다.

반대로 생각해도 마찬가지다. 둘 다 선천적으로 타고나서 잘하는 배우는 많지 않다.

그 이유는 간단하다. 호흡이 다르기 때문이다.

그러나 사람들에게 보다 더 높이 평가받는 건 역시 영화배우다.

한수 스스로도 영화배우라는 꿈을 종종 꾸곤 했다. 그는 특권을 활용했다. 그리고 「영화」 채널을 확보할 수 있었다.

한수가 고른 영화 채널은 「OVN」이었다.

국내 영화는 물론 외국 영화 VOD를 재방송해서 내보내는 채널이다.

그렇게 한수는 처음으로 지상파와 종합편성채널을 제외한 그 바로 아래 단계 채널을 확보했다.

첫 번째 영화 채널 「OVN」이었다.

그때였다. 알림이 떠올랐다.

채널을 확보한 이후 이렇게 알림이 뜨는 건 생소한 일이었다.

채널을 확보하면 그게 끝이었다. 그 이후에는 한수가 원하는 시간대의 방송을 보고 그 방송 속 능력을 흡수하는 데 그쳤다.

그런데 지금은 조금 달랐다.

한수는 알림을 확인했다.

[최상위 채널을 확보하셨습니다.]

[최상위 채널에서는 능력을 확보하는 데 제한이 있습니다.]

한수 얼굴이 떨떠름해졌다.

그는 눈살을 찌푸릴 수밖에 없었다.

"능력을 확보하는데 제한이 있다고? 어떤 제한이지?"

한수가 하는 말을 알아듣기라도 한 것처럼 연속해서 알림이 떴다.

[「영화」 카테고리에 속해 있는 채널을 확보하셨습니다.]

[지금부터는 세부적인 장르를 선택하실 수 있습니다.]

[세부적인 장르에 한하여 채널 마스터의 도움을 얻을 수 있습니다.]

[세부적인 장르는 다음과 같습니다.]

동시에 감은 눈앞에 새하얀 글자로 「영화」 카테고리 속 세부 장르가 표기되었다.

[액션, 멜로/로맨스, 스릴러, 공포, 드라마, 코미디, SF/판타지.]

모두 일곱 가지 장르로 구분되어 있었다.
문득 궁금한 게 생각났다.
한수가 눈을 감은 채 생각했다.
'그러면 로맨틱 코미디는 어디에 속하는 거지?'
로맨틱 코미디.
현재 드라마판을 휩쓸고 있는 대한민국 대표 장르 중 하나. 요즘은 로맨틱 코미디에 판타지적인 요소를 가미한 장르가 대세를 이루고 있다.
그렇다면 이들 장르는 어느 영역에 속하게 되는 걸까?

[중심 장르 및 주제에 우위를 둡니다. 로맨틱 코미디는 멜로/로맨스에 포함됩니다.]

한수는 알림을 보며 눈매를 좁혔다. 어떤 장르를 골라야 할지 감이 잡히질 않았다. 또 어떻게 능력을 얻게 될지도 여전히

미지수였다.

만약 SF/판타지 쪽 능력을 얻게 된다면? 이를테면 슈퍼맨이나 스파이더맨 영화를 본다면? 그들의 능력을 갖게 되는 걸까?

설마 하는 생각이 있긴 했지만 왠지 모르게 그것도 가능하지 않을까 싶었다.

채널 마스터의 능력에는 한계가 없는 것처럼 느껴질 때가 종종 있었기 때문이다. 그러나 그건 장르를 얻기 전에는 확인이 불가능했다.

그렇지만 지금 당장 SF/판타지 쪽 장르를 확보하고 싶진 않았다.

'SF/판타지 쪽 채널을 지금 얻는 건 시기상조야.'

국내에는 SF/판타지 시장의 인프라가 제대로 구축되어 있지 않다.

블록버스터라고 해도 할리우드와 비교해 보면 엄청난 차이가 난다.

기본 제작비부터 단위 수가 다르게 시작하는데 비교가 가능할 리 없다.

쏟아붓는 돈의 차이가 그만큼 크기 때문이다.

게다가 2017년 여름 개봉했던 블록버스터 대작이 손익분기점도 넘기지 못한 채 참패하면서 블록버스터에 대한 투자는 꽤 줄어든 상태였다.

SF/판타지는 대부분 블록버스터가 될 수밖에 없는 만큼 할리우드에 진출할 것이 아닌 이상 굳이 SF/판타지를 확보할 필요는 없는 셈이었다.

그보다는 멜로/로맨스나 액션, 스릴러 쪽이 상대적으로 수요가 높을 터였다.

'그런데 내게 들어온 시나리오가 아직도 남아 있으려나?'

강의가 없는 어느 날 한수는 회사를 찾았다.

구름나무 엔터테인먼트에서 독립한 박 대표는 강남에 새로 사무실을 차렸다.

한수와 박 대표가 각각 50%씩 비용을 보태서 차린 사무실이었다.

아직은 협소하고 계약된 연예인도 한수 한 명뿐이지만 두 사람 모두 큰 포부를 품고 있었다.

또한, 그들의 1호 연예인은 윤환이 될 가능성이 유력했다.

실제로 윤환의 계약 기간이 1달 앞으로 다가온 지금 기자들은 누구나 할 것 없이 윤환의 재계약이 계속해서 차일피일 미뤄지는 문제에 대해 다루고 있었다.

그 와중에 사무실에 도착한 한수는 꽤 분주하게 통화 중인 박 대표를 볼 수 있었다.

그는 여유롭게 박 대표의 통화가 끝나길 기다렸다.

얼마 지나지 않아 그가 통화를 종료했다. 한수가 노크 이후 대표실 안으로 들어갔다.

박 대표가 반갑게 한수를 맞이했다.

"어서 와."

"예, 대표님. 바쁘신가 봐요?"

"그럼. 바쁘지. 기자들이 다들 나를 쪼아대고 있거든."

"환이 형 때문이군요."

"그래. 녀석이 재계약을 안 하고 있으니까 내가 새로 차린 회사로 오는 게 아닌지 촉각을 곤두세우고 있어. 뭐, 나는 당연히 노코멘트했지만 꽤 끈질기더라고."

"그런 거 같더라고요."

"그보다 너는 무슨 일이야? 오늘 학교는 쉬는 날이야?"

"예, 휴강이요. 별건 아니고요. 구름나무 엔터테인먼트에 있었을 때 저한테 영화나 드라마 시나리오도 꽤 많이 들어왔었나요?"

박 대표가 그 말에 헛웃음을 흘렸다. 그가 어처구니없는 얼굴로 한수를 바라보며 말했다.

"당연한 걸 물어보냐? 지금도 마찬가지야. 널 섭외하고 싶어 하는 감독이 얼마나 많은 줄 알아?"

"그래요? 다행이네요. 저는 그때 이후로 싹 끊긴 줄 알았거든요."

"언제? 아……."

박 대표가 고개를 끄덕였다.

구름나무 엔터테인먼트와 계약하고 조금 시간이 지났을 때의 일이다.

당시 한수는 「자급자족 in 정글」에 성공적으로 안착하고 황피디의 제안에 「하루 세끼」를 촬영한 뒤 그게 방송을 타면서 꽤 유명세를 치르고 있던 상황이었다.

내심 한수를 윤환에 이은 또 다른 만능 엔터테이너로 생각하고 있던 구름나무 엔터테인먼트 측은 한수에게 별의별 테스트를 시켰었다.

개중에는 당연히 노래도 있었고 춤도 포함되어 있었다.

그뿐만 아니라 연기나 외국어, 그밖에 취미 또는 특기로 가져갈 법한 개인기 같은 것들로 다양했다.

그렇게 내부 테스트 결과 한수는 노래, 외국어에서 탁월한 점수를 받았고 실제로 예능과 노래를 병행할 수 있다고 평가받았지만, 그 밖의 점수는 썩 높은 편이 아니었다.

춤은 몸이 워낙 뻣뻣해서 제대로 소화할 수 있을지 염려스럽다며 낙제점에 가까운 평가를 받았다. 그러나 그보다 더 혹평을 받은 건 연기였다.

로봇연기, 발연기의 정점.

어떻게 된 게 로봇연기라도 하면 그것이 나름 특색을 갖출 텐데 로봇연기에 발연기가 섞여서 완전 최악이라는 게 한수의 연기에 대한 당시 실무자들의 평가였다.

그 실무자 중에는 현역 원로 배우도 한 명 있었고 그는 한수에게 충고 겸 조언하기를 절대 연기에는 발도 디디지 말 것을 부탁하기도 했다.

한수가 볼 때는 부탁이라기보다는 명령조에 가까웠지만, 어쨌든 그 날 이후 연기는 사실상 한쪽 구석에 미뤄두고 있었다.

「영화」 혹은 「드라마」 채널을 확보하고 노력으로도 어쩔 수 없는 발연기를 극복하기 전까지는 그 원로 배우 말대로 연기의 'ㅇ' 자도 감히 밟지 않을 생각이었다.

그러나 상황이 바뀌었다.

한수는 「영화」 채널을 확보하였고 한정적인 장르에 한해서지만 연기를 할 수 있게 되었다. 하지만 정작 박 대표는 그것을 알지 못했다.

그렇다 보니 갑자기 영화 또는 드라마 시나리오 받은 게 있냐고 진지하게 묻는 한수를 보며 박 대표가 걱정스러운 얼굴로 물었다.

"너…… 진짜 연기 도전하려고?"

"네."

"너 미쳤어? 인마! 안 돼! 절대 안 돼."

박 대표가 강렬하게 반대하고 나섰다.

"왜요? 아니, 대주주가 하고 싶다는데 반대하면 돼요?"

"너 회사 말아먹을 일 있어? 지금 우리 회사의 대들보는 너란 말이야."

"아니, 그거랑 이거랑 무슨 상관인데요?"

"지금 우리 회사가 어떻게 굴러가고 있냐?"

"음, 제가 그동안 벌어둔 돈하고 형이 투자한 돈 덕분이죠."

"그래. 근데 이 돈이라는 게 무한정 나오는 게 아니잖아. 막말로 네가 상하이 선화인가 하는 팀에서 뛸 거도 아니고. 거기서 뛰면 몇백억은 그냥 생기니까 문제없지만, 자본은 한정되어 있고 그 한정된 돈으로 수익을 창출하려면 결국 우리는 너만 믿고 가야 한다고."

"형, 저 한국대학교 경영대생이에요. 그 정도는 기본이라고요."

"하, 그래. 어쨌든 근데 지금 네가 하려는 행동이 무슨 짓인지 알아?"

한수가 고개를 갸웃거리며 물었다.

"뭔데요?"

"제 살 파먹기."

"예?"

"네가 지금 네 살을 파먹으려 하고 있다고! 아니, 잘하는 거 많은데 그거 놔두고 왜 하필 연기인데! 너 발연기인 거 모르는 사람 있어? 연예계에서도 소문이 돌고 있어. 그래서 네가 일부러 연기 피하는 거라고 말도 돌아."

"그 정도였어요?"

"그래. 왜? 낮말은 새가 듣고 밤말은 쥐가 듣는 거 몰라? 그런데 만약 네가 영화든 드라마든 찍었다가 발연기 인증하면…… 그 날로 네가 그동안 쌓아둔 그 이미지 죄다 말아먹는 거라고."

"시놉시스는 많이 들어왔다면서요?"

"다들 반신반의하는 거지. 실제로는 직접 본 적이 없잖아. 그런 상황에서 네가 발연기인지 아닌지 어떻게 아냐?"

"……음, 좋아요. 일단 저 시나리오만 먼저 좀 주세요."

"그러니……. 뭐, 뭐라고?"

"시나리오부터 보고 이야기할게요."

"야! 너 진짜 연기하려고 그래? 우리가 애초에 계약할 때 소속 연예인에게 전적으로 협조한다고 단서를 달긴 했지만 그건 그거고, 이건 이거잖아. 너 망하면 나도 망하고 우리 회사도 망하고 다 망한다고!"

계속해서 이어지는 박 대표의 푸념에 한수가 기어코 목소리를 높이고 말았다.

"형, 제가 생각도 없이 그랬겠어요? 믿고 지켜봐요."

믿고 지켜보라는 말에 박 대표는 서랍에서 두툼한 서류철을 꺼내 건넸다.

한수에게 섭외가 들어왔을 때마다 모아뒀던 것들이었다. 개중에서 촬영이 끝났거나 혹은 그 이전에 파토 난 것들은 전부 따로 모아뒀다.

또, 박 대표가 직접 보고 도저히 아니겠다 싶은 건 또 따로 걸러내서 한쪽에 간추려뒀다.

저건 개중에서 남은 알맹이들이었다.

박 대표가 서류철을 들고 일어서는 한수를 보며 다시 한번 신신당부했다.

"신중하게 생각해. 지금 대한민국에서 너보다 이미지 좋은 애는 찾아보기 힘들어. 그런데 딱 한 번 잘못했다가 이미지 완전히 말아먹는 수가 있어. 신중하게 고르고 난 다음 다시 한 번 연기 테스트를 받아 봐. 그리고 연기 레슨 선생님들이 합격하면 그때 최종적으로 한 번 더 이야기하자."

"걱정은. 알았어요. 그럼 저 먼저 들어가 볼게요."

한수는 두툼한 서류철을 든 채 회사를 나왔다.

이제 집에서 차근차근 시놉시스를 읽어보며 자신에게 맞는 배역을 찾아볼 생각이었다. 능력을 확보하는 건 그다음 일이었다.

한편 한수가 회사 사무실을 떠났을 때 박 대표는 곧장 윤환에게 전화를 걸었다.

누군가에게 하소연을 하고 싶은 심정이었다.

"환아, 나다."

-형. 무슨 일이야? 목소리가 왜 그래?

윤환도 박 대표가 심상치 않다는 걸 느끼고 있었다.

박 대표가 한숨을 푹푹 내쉬며 말했다.

"후, 환아. 너 구름나무하고 재계약 안 하는 거 조금 더 고려해 봐라."

-어? 갑자기 그게 무슨 소리야? 오늘도 2팀장님한테 얼마나 시달렸는지 알아? 갑자기 왜?

"한수가……."

-한수가 왜? 또 무슨 일냈어?

"그래. 완전 핵폭탄을 쏘아 버렸다."

-도대체 뭔데? 무슨 일이기에 그래?

박 대표가 힘없는 목소리로 대답했다.

"한수가, 연기에 도전한댄다."

-……형. 나 이형석 대표님하고 이야기 좀 하고 올게. 끊어.

박 대표는 그 자리에 주저앉고 말았다.

CHAPTER 3

한수는 두툼한 서류철을 들고 집으로 돌아왔다.

그 뒤 그는 집에서 차근차근 시나리오들을 펼쳐둔 채 하나씩 확인해 보기 시작했다.

다행히 박 대표가 정리를 깔끔하게 잘해둔 덕분에 읽는 데 어려움은 없었다.

그는 시나리오마다 자신이 생각하는 평점 및 흥행 가능 여부 그리고 그 당시 강한수의 이미지와 얼마나 부합하는지 그런 걸 상세하게 코멘트를 달아 서술해 두었다.

한수는 그것을 보며 새삼 박 대표가 자신을 얼마나 알뜰살뜰 챙겼는지 느낄 수 있었다.

"정말 이것저것 꼼꼼하게 해뒀네."

박 대표는 한수가 발연기가 아니었다면 연기도 시켰을 게 분명했다.

윤환은 가수로 유명하지만 그의 연기도 나쁘지 않다는 평이 지배적이기 때문이다.

아마 박 대표는 한수를 보며 윤환처럼 키워내고 싶다는 생각을 했을지도 모른다.

어쨌거나 당시 한수가 보여주는 모습은 정말 센세이션했고 실제로 한수는 뛰어난 예능 유망주로 점차 이름을 알리고 있었다.

다만 한 가지 아쉬운 점이 있다면 그건 고급스러운 이미지였다. 그리고 대부분의 고급스러운 이미지는 예능 프로그램보다는 영화나 드라마를 통해 얻어지는 경우가 많았다.

걸그룹 출신의 배우 A양도 국민 첫사랑의 타이틀을 거머쥐게 만든 영화 덕분에 수십 개의 CF 계약을 따냈고 그 덕분에 돈방석에 앉은 걸 보면 영화나 드라마 속 이미지가 그 사람의 이미지를 구축하는 것에 실제로 적지 않은 영향을 미친다는 걸 알 수 있었다.

그러다가 나중에는 실생활로 만나 본 그 사람이 전혀 다른 이미지인데도 불구하고 영화나 드라마에 나온 배역의 이미지로 오인하는 경우가 잦았다.

그렇다 보니 드라마에서 악역으로 나온 뒤 그 드라마가 종

영된 이후에도 길을 걷던 도중 지나가던 시민들한테 쌍욕을 얻어먹는 경우도 있었다.

그 정도로 영화나 드라마 속 이미지가 대중들에게 미치는 영향은 꽤 큰 것이었다.

한수는 몇 가지 시놉시스를 검토했다.

박 대표도 A등급에서 B등급의 평가를 내린, 꽤 괜찮은 시놉시스들이었다.

물론 드라마는 배제했다. 한수는 드라마에 출연할 생각은 없었다. 현재로써는 영화 외길만을 생각 중이었다.

그렇게 해서 간추린 시놉시스는 모두 네 개였다.

장르도 제각각이었다. 하나는 액션, 하나는 로맨틱 코미디, 하나는 드라마, 마지막 하나는 스릴러였다.

넷 모두 크랭크인은 아직 안 들어갔고 현재는 투자자와 배우들을 모집 중에 있었다.

크랭크인은 그 이후로 예정된 상태였다.

한수는 고민을 거듭했다.

그러나 막상 넷 중 하나를 선택해야 하자 뾰족한 수가 나질 않았다.

만약 「영화」 카테고리 속 모든 장르를 섭렵했다면 이런 고민은 해야 할 필요가 없었을 것이다.

뭐든 자신 있게 출연하면 그만이니까. 그러나 한수에게 주어진 장르는 단 하나였다.

'만약 로맨틱 코미디를 확보한 상태에서 드라마에 출연하게 되면 어떻게 될까?'

그런 의문도 남아 있지만 되도록 한수는 그런 위험 부담이 큰일은 도전하고 싶지 않았다.

하지만 그와 별개로 시놉시스 네 개 모두 마음에 드는 만큼 한수의 고민은 길어질 수밖에 없었다.

한동안 한수 머릿속은 영화 생각으로 가득 들어차 있었다.

어떤 영화에 출연을 할지, 장르를 어떤 것으로 골라야 할지 한수는 고민에 고민을 거듭할 수밖에 없었다.

그렇다 보니 집중력이 흐트러졌고 학교 강의 시간에도 좀처럼 집중하기가 어려웠다.

이것은 장르 여덟 개 중 단 하나만 고를 수 있는 조건 때문이었다.

그렇게 한수가 고민에 고민을 거듭하며 집에 도착했을 때 그는 반가운 목소리를 오랜만에 들을 수 있었다.

-요새 소식이 도통 없더군. 무슨 일이라도 생긴 건가?

그는 만수르 왕자였다.

한수가 반색하며 대답했다.

"아닙니다, 왕자님. 그동안 제가 생각할 일이 있어서 미처 연락을 드리질 못했습니다. 송구합니다."

-생각할 일이 있다고? 그건 또 무엇인가?

"그게…… 그보다 왕자님께서는 어쩐 일이십니까?"

-나야 내 친구가 요새 어떻게 지내는지 궁금해서 연락을 해 봤지. 그동안 격조했던 게 내심 마음에 걸리기도 했고.

"저는 문제 없이 잘 지내고 있습니다. 염려해 주셔서 감사합니다."

-그런데 아까 전 말했던 건 무엇인가? 생각할 일이 있다며? 혹시 맨체스터 시티에 다시 복귀하길 원하는 건가?

짓궂은 만수르의 농담에 한수가 어색하게 웃으며 대답했다.

"죄송합니다, 왕자님. 그건 아니고 제가 연기를 한번 도전해 볼까 하는데 어떤 장르를 골라야 할지 고민 중이었습니다."

-뭐? 연기라고?

뜻밖의 말에 만수르가 적잖게 당황한 듯했다.

그것도 잠시 만수르가 이야기했다.

그가 한수에게 용기를 북돋워줬다.

-한스, 내가 한마디 충고해도 되겠나?

"물론입니다. 왕자님."

-한스, 자네는 그동안 세상을 벌컥 놀래킬 만한 일을 여러

차례 보여줬다네. 그 의미인즉슨 자네가 뭘 하든 그건 중요치 않다는 것이야. 중요한 건 자네가 정말 하고 싶은지 하고 싶지 않은지 그것을 명확하게 구분하는 것이라네.

"감사합니다."

-그러면 좋은 선택을 내리길 바라네. 자네 앞길에 행운이 가득하길 바라지.

"감사합니다. 그럼 다음에 뵙겠습니다, 왕자님."

-몸 건강부터 잘 챙기게. 다음에 연락하겠네. 자네한테 부탁 하나를 할까 했는데 지금 자네 사정을 보아하니 어려울 듯하니 말이야.

"예? 무슨 일 있으십니까?"

-지난번 말이야. 그 날 체스를 두지 않았나?

"아, 그랬죠."

얼마 전 여름 휴가 때 한수는 아랍에미리트 아부다비 왕국으로 놀러 간 적이 있었다. 그리고 두 사람은 모로코에 있는 만수르의 별장에서 머무르며 쉰 적이 있었다.

그때 모로코의 국왕 모하메드 6세가 직접 별장을 찾아오는 등 몇몇 해프닝이 있었다.

그 와중에 만수르는 궁정요리사인 아마르와 함께 체스를 둔 일이 있었다.

당시에만 해도 한수는 체스에 대해 기본적인 룰을 빼면 그

외에는 지식이 전무했다.

아마르와 함께 체스를 둔 만수르는 모로코 왕궁에서도 틈틈이 한수를 불러 체스를 지도해 주곤 했다.

체스뿐만이 아니었다.

승마나 골프 같은 스포츠도 가르쳐줬는데 그럴 때마다 만수르는 뭐든 배워두는 게 배우지 않는 것보다 낫다고 말했을 정도였다.

만수르가 말을 이었다.

-처음에만 해도 정말 초심자에 불과했는데 어느 순간 실력이 부쩍 느는 걸 보니 놀랍더군. 귀국하기 전날 뒀을 때는 자네가 나를 이길지도 모른다는 생각을 하게 됐을 정도였거든.

"과찬이십니다."

-내가 부탁하려 했던 건 다른 게 아니라 언제 한번 시간이 되면 자네가 이곳에 다시 와서 체스를 한번 뒀으면 하는 것이라네.

"예? 체스를요?"

-체스만이 아닐세. 그 날 골프도 제대로 못 치지 않았던가? 함께 골프도 치러 다녔으면 좋겠군.

"물론입니다. 시간을 비울 수 있게 되면 언제든지 찾아뵙겠습니다."

-그래, 고맙군. 그럼 언제든지 연락하게.

"항상 챙겨주셔서 감사합니다, 왕자님."

-친구 사이에 이건 당연한 일이라네. 그럼 이만 끊겠네.

모로코에서 머무르며 한수는 왕궁에만 갇혀 있진 않았다.

만수르와 함께 다양한 경험을 두루두루 익혔다. 그것은 고스란히 자신에게 커다란 자산이 되어줄 게 분명했다.

그렇게 만수르와 전화 통화를 끝낸 뒤 한수는 눈앞에 놓인 네 개의 시놉시스를 보며 다시 생각에 잠겼다.

이 중에서 어떤 시놉시스를 고르느냐.

선택의 순간이었다. 그리고 그 선택은 사뭇 신중해질 수밖에 없었다.

사흘이 지났다.

여전히 한수는 결정을 내리지 못하고 있었다. 사흘 동안 박 대표에게서 전화가 세 차례 왔다.

박 대표는 한수에게 시놉시스를 보고 결정을 확실히 내렸는지 물었고 한수는 아직 고민 중이라고 대답했다.

이미 한수가 결심을 확고하게 굳힌 걸 알고 있는 박 대표는 더 이상 한수를 말리지 못했다.

부디 그가 예전에 그랬던 것처럼 또다시 사람들의 예상을 뒤집는 특별한 무언가를 보여주길 바랄 뿐이었다.

한편 한수는 계속해서 시놉시스를 놓고 고민하며 신중을

기울이고 있었다. 그러다 보니 누군가 자신을 부르고 있는데도 전혀 눈치채지 못하는 중이었다.

"후배님!"

그러다가 뒤늦게 한수가 고개를 돌렸다.

그곳에는 경영학부 길벗반 과대를 맡고 있는 박유나가 숨을 헐떡거리며 서 있었다.

"……박유나 선배님?"

한수가 의아한 얼굴로 그녀를 쳐다봤다. 그녀가 왜 자신을 부른 건지 이해하기 어려웠다.

서윤의 일이 흐지부지된 이후 한수는 그녀하고 더 이상 대화를 나눠본 적이 없었다.

서윤이 자신을 보고 싶어 하지 않는 이상 한수가 그녀를 달리 찾을 방법은 없었고 결국 그 끝은 그냥 남남처럼 지내는 것뿐이었다.

"선배님이 무슨 일로……."

"지금, 지금 당장 미국으로 가줄 수 있어요?"

"네?"

한수는 어이없는 얼굴로 그녀를 바라볼 수밖에 없었다.

집으로 돌아온 뒤 한수는 낡은 메모지 하나를 꺼내들었다.

메모지에는 자신이 적은 열 곡의 셋리스트가 있었고 그 열 곡 가운데 다섯 곡에는 동그라미가 쳐져 있었다.

또 메모지 아래로는 「오빠! 오늘 버스킹 힘내요!」라는 예쁘장한 글씨가 희미하게 남겨진 게 보였다.

이건 한수가 홍대 입구에서 처음 버스킹을 할 때 직접 만들었던 셋리스트였다.

그는 모두 열 개의 곡을 선정했고 개중에서 다섯 곡을 간추리길 원했다. 그리고 서윤은 한수가 짠 셋리스트를 보고 개중 다섯 곡을 선정하며 동그라미를 쳐놓았다.

셋리스트에 쳐져 있는 동그라미는 그때 서윤이 남긴 그 흔적들이었다.

그는 그 흔적들을 매만지다가 아까 낮에 박유나가 했던 말을 떠올렸다.

그녀는 대단히 다급해하고 있었다.

한수가 반드시 미국에 가야 하는 것처럼 이야기했었다.

그래서 한수는 그 이유를 물었고 그녀는 그동안 자신이 숨기고 있던 비밀을 털어놓았다.

"그러니까 그녀 말대로라면……."

서윤이 앓고 있는 병은 불치병이었다. 유전병이고 그녀는 서서히 죽음을 앞두고 있다고 했다.

박유나 말로는 그녀는 한수를 보고 싶어 했다고 했다.

그러나 자신의 몰골이 너무나도 추레하기 때문에 오히려 한수를 밀어낼 수밖에 없다고 했다.

그녀는 오랜 시간 방사능 치료를 받아야 했고 그것 때문에 머리는 밀었으며 병색이 완연하다고 했다.

그런데 며칠 전 그녀가 급격히 상태가 나빠졌고 박유나는 그녀와 했던 약속을 어기고 한수에게 다급히 그 사정을 설명한 것이었다.

한수는 한숨을 길게 내쉬었다.

한때 그는 채널 마스터의 능력을 완전무결하다고 여겼다.

텔레비전에 존재하는 건 무엇이든 자신의 것으로 만들 수 있게 해주기 때문이다.

그러나 채널 마스터의 능력은 완전치 못했다. 채널 마스터에는 의학 프로그램도 존재한다.

「메디컬 TV」가 바로 그것이다.

하지만 「메디컬 TV」를 완전하게 마스터한다고 해도 서윤의 병을 치료하는 건 불가능했다.

그것은 불치병이기 때문이다. 채널 마스터의 능력은 신의 능력이 아니었다.

인간이 해낼 수 없는 건 채널 마스터라고 해도 역시 해낼 수 없다.

「메디컬 TV」를 마스터하고 의학의 최고봉에 오른다고 할지라도 불치병에 걸린 사람을 살릴 수는 없는 것이었다.

그렇다고 해서 그녀를 만나러 가지 않을 수는 없었다.

짧았지만 그녀와 함께했던 추억들이 한수 기억 속에 남아 있기 때문이었다.

한수는 급히 항공권을 구하기 시작했다. 이코노미석이나 비즈니스석은 매진된 지 오래였다.

그나마 내일 오후에 출발하는 퍼스트 클래스석이 한 자리 남아 있었다.

한수는 천만 원이 넘는 티켓 값을 지불하고 뉴욕행 비행기를 끊었다. 그리고 그는 짐을 꾸리기 시작했다.

그런 다음 고민하던 한수는 캐리어에 자신이 고려 중이던 영화 시놉시스 네 개를 함께 담았다.

그때 서윤이 자신에게 셋리스트를 골라줬던 게 생각나서였다.

다음 날 비행기가 뉴욕에 도착했고 한수는 서윤이 입원해 있는 병원으로 택시를 타고 향했다. 그리고 그는 낯익은 얼굴을 만날 수 있었다.

그때보다 얼굴이 삐쩍 말랐지만, 그녀는 서윤의 어머니가 분명했다.

"……하, 한수 학생?"

그녀도 자신을 알아보고 있었다.

"여, 여기는 어떻게……."

"서윤이를 보러 왔습니다."

순간적인 충동에 내린 결정은 아니었다. 고민해서 내린 결정이었다.

서윤 어머니는 한수를 보고 망설이는 기색이었다.

잠시 뒤, 그녀가 고개를 절레절레 저으며 말했다.

"지금 와서 말려봤자 무슨 소용이 있겠어요."

"예?"

"서윤이는 매일 한수 학생 이야기만 했어요. 오늘은 어느 프로그램에 나왔다, 오늘은 무슨 일을 했다, 귀에 딱지가 앉을 지경이었죠."

한수는 말없이 그녀가 하는 말을 귀담아듣기 시작했다.

"그러더니 어느 날은 유튜브에 한수 학생이 나오는 프로그램을 편집해서 올리기 시작했어요. 그 아이가 가장 밝게 웃던 때였어요. 의사 선생님도 병이 조금씩 호전되고 있다고 했죠."

그녀는 슬픈 미소를 지었다.

"그런데 갑작스럽게 병세가 무척 악화되기 시작했어요. 한수 학생이 맨체스터 시티에서 은퇴하고 잠시 쉴 때였죠. 그 아이도 더는 편집할 영상이 없다 보니 무척 아쉬워했어요. 그 대신 그 아이는 봤던 영상을 또 돌려보곤 그랬어요."

"그랬군요."

"오해하지 마요. 만약 서윤이가 한수 학생한테 집착했다면 진즉에 연락했을 거예요."

"예, 알고 있습니다."

"그러다가 한수 학생이 「힐링 푸드」라는 프로그램을 촬영하게 됐다는 이야기를 듣고 무척 즐거워했어요. 그리고 병세도 다시 완화되기 시작했죠."

"그런데 왜……."

"글쎄요. 불치병이니까요. 의사 선생님도 원인을 알 수 없다고 하셨어요. 지금은 지켜볼 수밖에 없다고 이야기했고요."

"서윤이를 만나 볼 수 있을까요?"

말없이 고민하던 그녀가 고개를 끄덕였다. 어쩌면 그녀는 한수한테 일말의 희망을 걸고 있는 것일지도 몰랐다.

한수가 나오는 프로그램을 보고 편집해서 유튜브에 올릴 때마다 기운을 얻고 조금씩 낫는 모습을 보였다.

그것을 생각하고 그녀는 한수를 서윤과 만나게 하려 하는 걸지도 몰랐다. 그렇게 서윤의 어머니는 한수를 데리고 병실에 들어섰다.

서윤 혼자서 사용 중인 독실이었는데 병실 안에서는 연일

웃음이 끊이지 않고 들리고 있었다.

한수는 그것을 듣자마자 무슨 소리인지 단번에 알 수 있었다.

자신이 출연했던 예능 프로그램들.

개중에서 「무엇이든 만들어드려요」 3회가 흘러나오고 있었다.

서윤 어머니가 어색한 미소를 지어 보이며 말했다.

"항상 한수 학생이 나온 방송을 보다가 잠들곤 했어요. 서윤한테 한수 학생은 특별했던 모양이에요."

누군가에게 특별했다는 말. 한수는 침대로 다가갔다.

야윈 서윤이 보였다. 그런데도 여전히 그녀는 예쁘장했다.

그러나 병색이 온몸 가득한 게 느껴졌다.

"서윤아, 한수……."

"괜찮습니다. 깰 때까지 기다릴게요."

한수는 캐리어를 침대 옆에 세워둔 뒤 간이침대에 앉았다.

서윤 어머니는 말없이 고개를 끄덕여 보였다가 자리를 떴다. 한수는 서윤 어머니가 떠난 뒤 그녀가 지내고 있는 병실을 둘러봤다.

노트북 한 대가 전부였다. 그리고 노트북에서는 「무엇이든 만들어드려요」가 재생되고 있었다.

한수는 노트북을 들어 올렸다. 그런 뒤 재생되고 있던 「무엇이든 만들어드려요」를 일시 정지시켰다.

그 후 그는 바탕화면을 확인했다.

「Jessi Lee의 문서」가 제일 먼저 눈에 들어왔다.

제시 리, 그녀는 서윤이 맞았다.

바탕화면에는 한수가 출연했던 방송들이 차곡차곡 정리되어 있었다.

「하루 세끼」, 「무엇이든 만들어드려요」, 「싱 앤 트립」. 뿐만 아니라 맨체스터 시티 선수로 뛰었던 축구 경기와 세계 올스타팀과 펼쳤던 드림컵 대회 영상도 포함되어 있었다.

그것을 보던 한수는 고개를 돌려 빤히 서윤을 바라봤다.

순간적이지만 그녀 눈썹이 꿈틀거렸다.

한수가 입을 열었다.

"일어난 거 알아."

"……."

"어떻게 된 거야? 미리 말이라도 해야 하는 거 아니었어?"

"……유나가 알려줬어요?"

"응. 네가 많이 아프다고 지금 당장 미국에 가줄 수 없냐고 물어보더라."

"분명 내가 말하지 말라고 했는데……."

"네가 다 죽어가는데 그걸 끝까지 숨기면 그게 더 나쁜 거 아니겠어?"

"됐어요. 안 와도 되는데."

"그럼 와야지. 안 오겠어? 그보다 네가 제시 리였어?"

"예, 어렸을 때 미국에 잠깐 산 적이 있는데 그때 썼던 이름이에요."

"병은…… 어때?"

"이야기 듣고 오셨다면서요. 근데 뭐하러 물어보세요?"

"나을 방법은 전혀 없는 거야?"

"저는 의사가 아니라고요. 오빠처럼 저도 경영대생이잖아요."

"둘 다 너무 오랜 시간 학교를 비웠으니 알 수가 있나."

"키킥, 그건 그렇네요. 근데 복학했으면서 여기 와도 되는 거예요?"

"학교 선배가 죽을병에 걸려서 병원에 입원해 있는데 설마 그거 보러 갔다고 뭐라고 하겠어? 이해해 주시겠지."

"……여전하네요. 무턱대고 막 지르는 거요."

"그런가?"

"2학기 다녀야 하는데 갑자기 휴학하고 예능 출연해 버렸잖아요. 기억 안 나요?"

"……그랬던 거 같기도 하고. 아닌 거 같기도 하고."

서윤이 흐릿한 눈으로 한수를 바라봤다.

"그래도 오빠가 정말 도움이 많이 됐어요. 제게 정말 힘을 많이 불어넣어 줬거든요."

"그랬다면 다행이고."

"오빠의 첫 번째 팬은 저였잖아요. 그렇죠?"

"응. 그렇지."

홍대에서 버스킹을 할 때 서윤은 한수의 첫 번째 팬이 되었다.

지금은 그때와는 비교할 수 없을 만큼 수많은 팬이 생겼지만, 한수에게 서윤은 여전히 첫 번째 팬이었다.

서윤이 한수를 보며 물었다.

"이제는 뭐해요? 「싱 앤 트립」 시즌2나 「무엇이든 만들어드려요」 시즌2 찍는 거예요?"

"고민 중이야. 영화도 생각해 보고 있어."

"네? 영화요? 오빠, 발연기라던데……."

"누가 그래?"

한수가 서윤을 노려봤다. 서윤이 지지 않고 말했다.

"이미 연예계 찌라시에 파다하게 소문이 나 있다고요! 오빠 완전 로봇연기에 발연기가 합쳐진 혼종이라면서 절대 연기시켜서는 안 되는 연예인 1위라던데요?"

"……."

한수가 인상을 구겼다. 그렇지만 이건 어쩔 수 없는 일이었다.

이게 다 그동안 자신이 쌓은 평판이었다.

"실력으로 뒤집어 봐야지."

"……시, 실력이요?"

그녀가 눈을 동그랗게 뜨며 물었다. 한수가 고개를 끄덕였다.

"응. 실력으로 뒤집을 거야."

"……올해 안에는 촬영 들어가는 거 맞죠?"

"그래야지. 지금 고민 중인 시놉시스가 마침 네 개 있긴 해. 장르가 전부 다 달라서 고민 중인데 한 번 볼래?"

그 날 홍대에서 버스킹을 할 때도 서윤이 셋리스트를 골라 줬고 결과적으로 그녀가 고른 셋리스트는 모두 대박이 났다.

그 덕분에 윤환과도 만날 수 있었다. 서윤이 흔쾌히 고개를 끄덕였다.

"제가 또 보는 눈은 있거든요. 한번 믿고 줘 봐요."

"알았어."

한수는 침대 옆에 세워뒀던 캐리어에서 시놉시스 네 개를 꺼내 건넸다.

"한번 봐볼게요."

그녀는 차근차근 시놉시스를 읽어보기 시작했다.

"진짜 장르가 다 다르네요? 일부러 이렇게 고른 거예요?"

한수가 그 말에 멈칫거렸다.

그녀 말대로였다. 일부러 장르를 다양하게 고른 것도 있었다. 모두 일곱 가지 장르 중에서 단 하나의 장르만 선택이 가능했다.

그렇다 보니 가급적 겹치지 않는 가운데 하나를 선택하고

자 했다. 그래서 저마다 다 다른 장르만 고를 수밖에 없었다.

"음, 일단 로맨틱 코미디. 이건 나쁘지 않네요. 근데 키스신하고 베드신이 너무 많은 거 아니에요? 살짝 수위가 높네요. 오빠, 이런 취향이었어요?"

"……."

"액션, 이것도 괜찮네요. 근데 주연이 아니라 조연이네요? 오빠 개런티를 맞춰줄 수 있을까요? 그리고 이건 연기력 불신을 씻어내기엔 조금 어려울 거 같아요. 대사도 많이 없고 그냥 가오만 잡는 캐릭터잖아요."

의외로 그녀의 평가는 꽤 핵심을 찌르고 있었다.

"스릴러. 이건 연기력 불신에 종지부를 찍는데 최고이긴 한데…… 악역이라서 오빠 이미지하고 정반대네요. 부담이 만만치 않을 거 같아요. 만약 이걸로 오빠가 진짜 연기력 불신을 극복한다면…… 음, 오빠 이미지가 매우 안 좋아질 수도 있지 않을까요?"

그렇게 하나하나 조목조목 단점을 지적하던 그녀가 마지막 시놉시스를 훑어봤다.

그것은 드라마였다. 그리고 음악과 관련 있는 영화였다.

그녀가 눈을 동그랗게 떴다.

영화 주제를 가로지르는 핵심적인 내용은 심각하게 분열될 위기에 처한 가족들이 음악으로 그 상처를 치유한다는 내용을 담고 있었다.

한수가 맡게 될 역할은 십 대 때 애를 갖게 됐다가 의무감에 결혼한 뒤 자신의 꿈이었던 가수 겸 기타리스트를 포기하고 막노동을 하게 되는 이십 대 철부지 가장이었다.

그렇게 많은 관객 수를 목표로 하는 영화는 아니었다.

부담감도 덜할 테고 또 솔직한 내면 연기를 보여줄 수만 있다면 관객들에게도 많은 공감대를 느끼게 할 수 있을 게 분명했다.

한수도 내심 가장 끌렸던 영화였다.

일단 자신이 잘할 수 있는 분야인 음악을 이용할 수 있다는 것에서 부담이 덜했고 또, 발연기, 로봇연기 등의 이미지가 씌워진 상태에서 좋은 모습을 보일 수 있다면 충분히 그것을 뒤집을 수 있다는 점에서 좋았다.

"오빠도 이걸 마음에 들어 하셨나 봐요?"

"어, 아무래도 음악이 들어가니까 부담이 덜하더라고."

"흐음, 저는 이게 좋아 보이는데요? 지금의 오빠하고 가장 색이 잘 맞을 거 같아요."

"그래?"

한수가 입가에 미소를 그렸다.

홍대에서 버스킹을 할 때도 느꼈지만, 그녀하고는 생각이 잘 통했다. 그리고 거의 2년 만에 다시 만나는 것인데도 불구하고 여전히 생각이 잘 통하고 있었다.

"좋아. 여기 출연하고 싶다고 해야겠다."

"……제 말만 듣고 그렇게 선부르게 결정해도 돼요?"

"응? 네 말은 그냥 조언으로 생각한다고 했잖아. 나도 이 영화를 가장 마음에 들어 하고 있었어."

"흐음, 좋아요. 대신 조언해 줬으니까 이 영화 대박 나면 저도 개런티 줄 거죠?"

"흠."

한수가 곰곰이 고민했다. 그것도 잠시 한수가 고개를 끄덕였다.

"좋아. 그렇게 할게."

"아싸."

침대에 누운 채 환호하는 그녀를 보던 한수가 눈살을 찌푸리며 말했다.

"대신 이 영화 개봉할 때까지 무조건 버텨."

"……네?"

"개런티 받으려면 살아 있어야 하잖아. 그러니까 버티라고."

"……."

"왜? 개런티 받기 싫어?"

그녀가 그 말에 눈시울을 붉혔다. 그것도 잠시 서윤이 헤실거리며 웃어 보였다.

"알았어요. 꼭 이겨낼게요."

"응. 약속한 거다."

"걱정 마세요. 제가 악착같이 개런티 받아내고 말 거예요!"

한수는 씩씩하게 대답하는 서윤을 보며 입가에 미소를 그렸다.

"다행이네. 그럼 믿고 가볼게."

"벌써 가게요?"

"어. 나 그렇게 한가한 사람 아니야."

"……알았어요. 배웅은 못 하니까 이해해 줘요."

"나아서 보자."

"네?"

"꼭 나아서 보자고."

"……네."

그 날 한수는 서윤만 만난 뒤 다시 비행기를 타고 한국으로 귀국했다.

인천국제공항에 도착하자마자 한수는 박 대표에게 전화를 걸었다. 그리고 출연하고자 마음먹은 영화의 제작사에게 미팅 일정을 잡아달라고 부탁했다.

며칠 뒤였다.

각종 포털 사이트에 기사가 뜨기 시작했다.

「강한수, 영화 「포기 못 하는 꿈」에 최종 출연 확정!」

「강한수, 노래, 예능, 축구에 이어 연기까지! 4관왕을 노리나?」

기사 반응은 전체적으로 양호한 편이었다.

과연 강한수가 연기마저 정복할 수 있을지 다들 호기심을 드러내고 있었다.

그때였다.

우연히 뜬 동영상 하나가 화제가 되며 강한수가 영화 주연 배우로 출연하기로 한 인터넷 기사에 전에 없던 악플이 쏟아지기 시작했다.

그리고 새로운 기사가 메인에 떴다.

「강한수, 과거 찍었던 테스트 영상이 누출돼. 발연기 논란에 그는 어떻게 대처할 것인가?」

한수는 사무실에서 박 대표와 함께 영상을 돌려봤다.

누군가 게시한 유튜브 영상은 벌써 천만이 넘는 조회 수를 돌파했다.

국내뿐만 아니라 외국에서도 이슈가 되는 중이었다.

예능에, 낚시에, 노래에, 축구에 뭐든 다 잘하던 한수가 연기는 제대로 발연기를 보였으니 그들 입장에서도 신기하긴 했을 것이다.

실제로 한 타블로이드에서는 이번 이슈를 제법 비중 있게 다루고 있었다.

「뭐든지 다 잘하는 줄 알았지만, 연기에서 오점을 드러낸 만능 인간」

한수는 기사 제목을 보며 쓴웃음을 지었다.

반면에 박 대표는 새빨개진 얼굴로 소리쳤다.

"거봐. 내가 이럴 줄 알았다고. 한수야, 뭐하러 연기를 한다고 그래. 그러지 말고 우리 그냥 하던 거나 하자. 응?"

"하던 거 뭐요?"

"예능 말이야. 황 피디님이 지금 얼마나 몸이 달아오른 줄 알아? 너 섭외하겠다고 난리도 아니야. 난 황 피디님하고 하루에 수십 번은 넘게 통화해. 이제는 황 피디님이 그냥 내 가족처럼 느껴질 정도라니까?"

"뭐, 하긴 해야죠."

「싱 앤 트립」이나 「하루 세끼」, 「무엇이든 만들어드려요」 모두 시즌2, 시즌3, 시즌4 제작이 유력한 히트 상품이다.

1년이 지나긴 했지만 여전히 사람들 사이에서 계속 회자되고 있다.

이들 셋을 모방한 프로그램이 여럿 다른 케이블이나 지상파에서 나오긴 했지만 그럴 때마다 번번이 지리멸렬하고 말았다.

그건 모두 한수가 없었기 때문이다.

그나마 OBC에서 하고 있는 「뮤직 앤 어스(Music and Us)」만 꽤 좋은 반응을 얻었다. 지금 「뮤직 앤 어스」는 시즌2를 준비 중이라고 들었다.

시즌1 출연자로 임태호, 이연수 등 쟁쟁한 가수들이 나온 만큼 시청자들의 기대 역시 높았다. 그들 모두 국내에서 다섯 손가락 안에 손꼽힐 만큼 탁월한 가수이기 때문이다.

박 대표가 계속해서 한수를 뜯어말렸다.

"너 진짜 후회하는 거야. 뭐하러 연기를 해? 반응도 지금 되게 안 좋아. 재벌들 문어발식 경영처럼 네가 그러려고 한다는 게 사람들의 주된 의견이야."

"문어발식 경영이라…… 뭐, 틀린 말은 아니네요."

"야! 강한수! 그렇게 웃어넘길 게 아니라고."

하지만 한수는 그 말이 일리가 있다고 생각했다.

그동안 한수는 꽤 다방면을 건드렸고 누군가 보기엔 문어처럼 이것도 하고 저것도 하는 것이라고 생각할 만했다.

관건은 이것저것 다 건드려서 뭐든 잘할 수 있을 만큼 능력이 되느냐 아니면 능력이 없느냐의 여부다.

능력만 된다면 다작을 하는 것도 상관없는 게 이 바닥이기 때문이다.

괜히 몇몇 조연 배우들이 여러 영화에 겹치기 출연을 하는 게 아니다.

몸값이 주연배우에 비해 상대적으로 저렴하지만 주연배우 못지않게 연기를 잘할 뿐만 아니라 어느 배역에 갖다 둬도 충분히 제 역할을 해줄 수 있기 때문이다.

"너 진짜 출연하기로 마음먹은 거야?"

"구두 합의는 끝냈잖아요. 그러니까 그쪽도 언론사에 떡밥 뿌린 걸 테고요. 여기서 물러나면 저만 개쪽인데요?"

"……하. 나는 모르겠다. 내가 이 꼴 보려고 구름나무 엔터테인먼트를 나온 게 아닌데. 너 때문에 탈모 오겠다. 이 자식아!"

"걱정 마요. 그보다 이 영상 퍼뜨린 건 누구예요? 이 테스트 영상, 구름나무 엔터테인먼트만 갖고 있잖아요. 그쪽에서 터뜨린 거예요?"

"당연히 영상 뜨자마자 이 대표님한테 전화했지."

"이 대표님은 뭐래요?"

"미안하다고 하지. 그러면서 내부 조사를 해봤는데 아무래도 누군가한테 해킹을 당한 거 같다고 하더라."

"……해킹이요? 냄새가 나는데요?"

"응. 구린 냄새가 확 나지?"

"네. 갑자기 뭔 해킹이에요. 누군가 뿌린 게 뻔한데."

"내 말이. 그래서 조금 더 닦달했는데 인턴사원 중 한 명이 유튜브에 업로드하다가 실수했다더라."

"무슨 실수요?"

"구름나무 엔터테인먼트가 새로 유튜브 채널을 만들면서 소속 배우들 연기 영상을 유튜브에 업로드하려고 했나 봐. 그냥 자사 배우들 홍보 목적이었겠지. 그런데 그 목록에 네가 껴 있었다고 하더라고."

"휴, 그래서요? 어떻게 하기로 했어요?"

"이형석 대표님은 선처해 달라는데. 이것도 어디까지나 개인 정보 유출인 거잖아. 거기에 너는 더 이상 구름나무 엔터테인먼트 소속 연예인도 아니고. 그래서 정식으로 소송 걸기로 했어. 그건 변호사님이 알아서 처리해 주실 거야."

"흠, 됐네요. 그건 그렇게 넘어가죠."

"그런데 이형석 대표님이 그거 관련해서 연락 좀 한 번 해달라고 하더라."

"저보고요?"

박 대표가 고개를 끄덕였다.

"아무래도 이형석 대표님은 우리가 선처를 해주길 바라는 모양이야. 그래서 너하고 직접 풀어보겠다는 거 같은데……."

"잠깐만요. 전화 좀 할게요."

한수는 곧장 전화를 걸었다.

신호음이 몇 차례 가고 상대가 전화를 받았다.

구름나무 엔터테인먼트의 이형석 대표였다.

-한수 씨, 오랜만이에요. 잘 지내냐고는 못 묻겠네요.

"예, 잘 못 지냅니다."

-휴, 박 팀…… 아니, 박 대표님한테 연락 듣고 전화 주신 거겠죠? 우리 인턴사원이 철없는 행동을 했어요. 본인은 꼼꼼하게 확인을 했는데 왜 그 영상만 업로드가 같이 된 건지 이해할 수 없다고 하더군요.

"실수라는 건가요?"

-예, 그게 한수 씨한테 피해를 입힌 건 알고 있어요. 그래도 이제 스물여덟 살밖에 안 된 젊은이에요. 한수 씨가 너그럽게 한 번만 선처해 주고 넘어가면…….

"저기요. 이형석 대표님."

-……네.

한수가 단단히 뿔이 난 어조로 말했다.

"실수라고요? 그 실수 때문에 누군가는 돌 맞아 죽을 수도 있어요. 죄를 졌으면 마땅히 받는 게 당연한 거 아닌가요? 누가 들으면 제가 죄인인 줄 알겠네요."

-한수 씨!

"선처할 일은 절대 없을 겁니다. 그거 말씀드리려고 전화했습니다. 그리고 제 자료, 여전히 남아 있다면 전부 다 폐기해 주셨으면 좋겠네요. 또 이런 일이 벌어지면 안 되잖아요. 그럼 끊습니다."

한수는 그 말을 끝으로 전화를 끊었다.

박 대표가 그런 한수를 보며 조심스럽게 물었다.

"야. 너 괜찮겠어?"

"뭐가요?"

"그래도……."

한수는 입술 끝이 쓰렸다.

이형석 대표는 호인(好人)이었다.

그 덕분에 정수아 일을 수월하게 해결할 수 있었다.

그가 돕지 않았다면? 유튜브에 영상을 올렸다고 한들 제대로 이슈가 될 수 있었을까?

그렇지만 공은 공이고 사는 사였다. 특히 이번 일로 한수는 심각한 명예훼손을 당한 상태였다.

그런 만큼 본때를 보일 필요가 있었다.

이형석 대표는 전화를 끊자마자 휴대폰을 집어던졌다.

벽면에 부딪힌 휴대폰이 산산조각 부서져서 박살이 났다.

그가 인터폰을 눌렀다.

-네, 대표님.

"지금 당장…… 전부 다 불러 모아!"

-누구를…….

"본부장 이하 팀장들 집합시키라고! 그리고 그 녀석도!"

-예, 알겠습니다.

서릿발 같은 목소리에 순식간에 대표실이 얼어붙었다.

그것도 잠시 이야기를 전해 들은 본부장, 1팀장, 2팀장, 홍보팀장 그리고 이번 사건의 당사자가 대표실에 속속 들어오기 시작했다.

그들은 언제나 호방하게 웃음을 짓던 이형석 대표의 얼굴이 얼음장처럼 싸늘한 걸 보며 당혹스러운 표정을 지었다.

일 년에 몇 번 없다는, 이형석 대표가 폭주해 있는 모습을 지금 보고 있기 때문이다.

"부르셨습니까?"

"장 본부장! 내가 오늘 어떤 굴욕을 당했는지 알기나 해요?"

"무슨 일이 있으셨는지……."

"그래도 우리 회사 직원이 저지른 잘못이기에 수습 한번 해보려다가 강한수, 그 녀석한테 제대로 망신을 당했어요. 후, 도대체 직원 교육을 어떻게 한 겁니까?"

"죄, 죄송합니다. 대표님."

이형석 대표는 차가운 눈동자로 이번 일을 일으킨 원흉을 노려봤다.

구름나무 엔터테인먼트에 인턴으로 입사한 그는 입사하고 얼마 되지 않아 대형 사고를 일으켜 버렸다. 그러나 수상쩍은 게 한두 가지가 아니었다.

회사와의 계약이 만료된 연예인이나 연습생의 경우 관련 자료는 모두 폐기 처분하는 게 기본 원칙이었다.

그런데 강한수의 발연기 영상이 회사 데이터베이스에 남아 있는 데다가 그 영상이 입사한 지 얼마 안 된 인턴 손에 어처구니없게 쥐어졌고 또 그 영상이 인턴사원 모르게 업로드되었다는 건 있을 수 없는 일이었다.

즉, 누군가가 뒤에서 이번 수작을 부린 게 틀림없었다. 인턴사원은 사실상 애꿎게 희생되어 버린 셈이었다.

스스로 올리는 건 부담이 있기 때문에 인턴사원을 통해 저지른 일일 테지만 이형석 대표는 늘 회사 직원들을 가족처럼 여겼기 때문에 더욱더 열 받아 하고 있었다.

인턴사원이 저지른 잘못이긴 해도 그것은 곧 회사가 저지른 실수고 또 자신이 책임져야 할 일이라고 생각했기 때문이다.

이형석 대표가 1팀장과 2팀장을 번갈아 노려봤다.

유력한 용의자는 이들 둘이었다.

개중에서 조금 더 가능성 있는 건 2팀장이었다.

그는 호시탐탐 윤환과 강한수를 자신의 팀으로 끌어들이고 싶어 했다. 특히 윤환 같은 경우 지금은 박 대표가 된 3팀장한테 빼앗긴 것과 다를 바 없었기 때문에 박 대표를 늘 무시하던 게 바로 2팀장이었다.

게다가 윤환과의 재계약이 지지부진되는 데다가 그가 박 대표 회사로 넘어갈 가능성이 높아 보였기 때문에 그에 대해 앙심을 품었을 수도 있었다.

하지만 2팀장이 이번 일을 배후에서 조작했다고 보기에는 그는 너무나도 유력한 용의자라는 게 문제였다.

구름나무 엔터테인먼트에서 2팀장 본인을 포함한 모든 직원이 그들 사이에 얽히고설킨 관계에 대해 알고 있었다.

의심을 받을 게 뻔한 상황에서 일을 저지른다? 2팀장답지 않은 행동이었다.

그렇지만 1팀장은 배우를 맡고 있는 걸 빼면 딱히 이렇다 할 접점이 없었다.

결국 법적 책임을 져야 하는 건 인턴사원이 될 터였다.

"유튜브에 올린 영상은 어떻게 됐어요?"

가만히 상황을 지켜보던 홍보팀장이 한숨을 내쉬며 말했다.

"당연히 사태 파악하자마자 바로 내렸어요. 문제는 이미 다른 곳에 싹 다 퍼져 버린 상태여서요. 삭제했지만 따로 영상을 저장한 다음 재배포한 경우도 많아서…… 이런 것들은 일일이

삭제하기가 힘들어요. 유튜브 측에 사정을 설명하고 저작권 침해 동영상으로 삭제 요청을 하긴 했지만 유튜브에 올라오지 않은, 개인이 올린 동영상 같은 경우는 일일이 요청을 해야 할 거예요."

"골치 아프게 됐군요. 인터넷 여론은요?"

"강한수 씨한테 부정적인 여론이 많은 편이에요. 그동안 쌓아놓은 인지도로 영화에 출연하려 한다는 평가가 많아요. 실제로 악플도 전에 없이 늘었고요."

"법원에서 이번 사건을 안 좋게 볼 여지가 많다는 거네요."

홍보팀장이 슬며시 고개를 끄덕였다.

"네. 그럴 가능성이 커요."

"일단 우리가 할 수 있는 일은 더 없는 거죠?"

"네. 그렇죠."

"좋습니다. 이제부터 다들 일 처리 잘하고 더 이상 구설수에 오르지 않도록 신경 쓰도록 합시다. 아, 그러고 보니 인터넷에서 우리 회사 관련해서 이야기가 나오던가요?"

"음, 뒷말이 없는 건 아니에요. 일부러 영상을 퍼뜨린 거다, 치졸하다, 뒤끝이 심하다 등등 안 좋은 쪽 이야기가 돌긴 했어요. 대부분 강한수 개인 팬들이었고요."

이형석 대표가 눈살을 찌푸렸다.

그렇지만 이제 와서 이미 일어난 일을 되돌릴 수도 없는 일이었다. 결국, 남은 건 처신을 얼마나 잘하느냐 그것뿐이었다.

한편 이형석 대표가 집안을 단속하고 나선 그때 구름나무 엔터테인먼트를 떠나 집으로 돌아온 한수는 슬슬 영화 장르 가운데 하나를 확보할 준비를 하고 있었다.

그가 확보하기로 마음먹은 건 「드라마」였다.

서윤이 추천해 준 「포기 못 하는 꿈」이라는 영화는 한수가 보기에도 나쁘지 않아 보였다.

감독이 유명하지 않고 또 제목도 별로인 탓에 한수 이전에 섭외가 갔던 몇몇 주연배우들은 진작에 고사했다는 시나리오였다.

그렇다 보니 박 대표도 한수보고 생각을 달리해 볼 것을 넌지시 권유하곤 했다.

하지만 한수는 이 영화가 내심 자신과 잘 맞는다고 생각 중이었다.

「스릴러」나 「액션」, 「공포」, 「코미디」 같은 건 일단 자신과 맞지 않을 가능성이 농후했다.

「멜로/로맨스」도 생각해 봤지만 아무래도 그것보다는 「드라마」가 첫 시작으로는 나쁘지 않을 것 같았다.

이건 그동안 채널 마스터의 능력을 사용하면서 느낀 일종의 직감 같은 것과도 연관이 있었다. 그리고 한수는 첫 번째 장르를 선택했다.

「드라마」를 선택한 그 순간 알림이 떴다.

[첫 번째 장르로 「드라마」를 선택하였습니다.]

[촬영 예정 중인 영화와의 싱크로율이 계산됩니다.]

[「K-POP STAR」, 「POP Nostalgia」, 「퀴진 TV」, 「TBC」 등과 상호 연관이 있습니다.]

[영화 속 주인공 배역과의 싱크로율이 매우 높은 편입니다.]

[상호 연관성으로 인하여 추가적인 혜택을 얻게 됩니다.]

"응?"

알림을 보며 한수가 눈을 휘둥그레 떴다.

최상위 카테고리를 얻어서일까? 색다르고 생소한 것투성이었다.

채널 마스터로서 어떠한 채널을 확보하고 그 능력을 얻게 될 경우 경험치는 0%에서 시작한다.

그 후 15%가 되면 1차적인 능력을 얻게 되고 50%를 넘기면 추가적인 능력을 하나 더 얻을 수 있다.

그러다가 100%가 되면 그 밖의 능력을 더 확보할 수 있으며 만약 텔레비전에 직접 출연하게 되면 그때는 그 채널을 완벽하게 확보할 수 있을 뿐만 아니라 그 이전에 했던 모든 프로그램을 전부 다 섭렵할 수 있게 된다.

그러나 「영화」에는 이 규칙뿐만 아니라 기존에는 본 적 없던 특별한 규칙이 하나 더 있었다.

그것은 싱크로율이었다.

한수는 눈앞에 떠오른 투명한 창을 재차 바라봤다.

배역: 김형준

싱크로율: 71%

자신이 「포기 못 하는 꿈」에 출연할 경우 맡게 될 배역의 이름 및 그 배역과의 싱크로율이 어느 정도 되는지만 표시되어 있었다.

"그러니까 내가 김형준하고 싱크로율이 71% 정도 된다는 거니까 비교적 높은 편인 거네."

싱크로율은 높다.

그러나 채널 경험치는 아직 1%도 쌓이지 않은 상태다.

일단 한수는 「영화」 카테고리 중에서 자신이 확보한 「OVN」 채널을 확인해 보기 위해 리모컨을 돌렸다. 그리고 「OVN」 채널을 확인했을 때 한수는 눈매를 좁혔다.

구형 텔레비전인데도 불구하고 최신형 텔레비전인 것처럼 화면이 일곱 개로 분할되어 있었다. 그리고 분할된 각각의 화면에는 각각의 장르가 큼지막한 글자로 박혀 있었다.

하지만 분할된 화면 여섯 개는 새까만 상태였고 단 하나에만 불이 켜져 있었다.

그것은 「드라마」였다.

즉 지금 이 화면은 현재 한수가 확보한 장르를 보여주고 있는 것이었다. 그리고 한수가 확보한 장르는 「드라마」 하나뿐이었다.

'갈 길이 머네.'

한수는 아직 새까만 상태인 다른 여섯 개의 장르를 보다가 마음을 굳게 다잡았다. 그리고 그는 녹색 확인 버튼을 눌렀다.

그러자 꽤 오래전 나온 무성영화부터 시작해서 최근에 개봉했던 영화까지 연도별로 목록에 나열이 되기 시작했다.

너무나도 방대한 양에 한수는 혀를 내둘렀다.

이들 중에서 어떤 영화부터 손을 대야 할지 조금 막막했다.

일단 한수가 하려는 것은 이번 시나리오에 맞는 캐릭터 분석이었다.

김형준이라는 캐릭터를 분석한 이후 그 캐릭터와 비슷한 캐릭터가 다른 영화에 나온 적이 있다면 두 가지를 서로 비교하고 분석하면서 자신만의 캐릭터를 구축해 나갈 생각이었다.

그때였다. 채널 마스터 시스템은 상당히 친절했다.

목록에 나열되어 있던 어마어마한 수의 영화들이 조금씩 줄어들기 시작하더니 급기야 그 개수가 몇십 개 정도밖에 안 남게 됐다.

그것들 모두 이번에 한수가 찍을 영화와 연관이 있는 영화들이었다.

남은 건 개중에서 마음에 드는 영화를 고른 다음 차곡차곡 경험치를 쌓는 것뿐이었다.

그런 다음 그것을 통해 발연기에서 벗어날 방법을 모색하는 것 정도였다. 그렇지 않고서야 불안해하며 떨고 있는 박 대표를 진정시킬 방법은 없을 듯했다.

그리고 열흘이라는 시간이 훌쩍 지나갔다.

영화사 '기억의 공간'은 충무로 구석진 곳에 자그마한 사무실 하나를 갖고 있는 영세한 규모의 제작사였다.

그들이 제작하려고 하는 「포기 못 하는 꿈」은 신인 감독의 입봉작으로 시나리오가 훌륭하다는 평가에 꽤 큰 규모의 투자사를 유치할 수 있었다.

문제는 배우였다.

그들이 제시할 수 있는 출연료는 한정되어 있었고 그렇다 보니 S급은커녕 A급 배우도 섭외가 불가능한 게 현실이었다.

그러다가 그들이 기획사 곳곳에 뿌린 시나리오가 박 대표 손에 들어가게 된 건 꽤 오래전 일이었다.

박 대표가 구름나무 엔터테인먼트에 있었을 때니까 거의 1년 전쯤이라고 봐도 무방했다.

그때 막 한수에게 연기를 시켜보려 하던 3팀장은 그동안 회사에서 묵혀두고 있던 여러 시나리오를 눈여겨봤고 개중에서 쓸 만한 것 몇 가지를 간추려두고 있었다.

개중 하나가 바로 「포기 못 하는 꿈」이었다.

물론 3팀장은 당연히 그 사실을 까맣게 잊어먹고 있었다.

그러다가 한수가 시나리오를 구해달라는 말에 기존에 갖고 있던 시나리오를 뭉텅이로 건넸고 개중에서 한수가 마음에 들어 해서 골라낸 게 바로 「포기 못 하는 꿈」이었다.

시나리오를 짠 데다가 이번 영화로 입봉을 노리고 있는 신인 감독 장수전이 영화사대표를 쳐다보며 물었다.

"유 대표님, 강한수 씨로 가도 괜찮을까요?"

"장 감독님. 걱정 마세요. 일단 사람들 이목은 충분히 끌었잖아요. 그리고 만약 한수 씨 연기력이 진짜 별로다 싶으면 양해를 구하고 다른 배우를 구해봐야죠."

"다른 배우가 출연하려 할까요? 계속 까이고 까여서 1년째 표류 중인데……."

"어허, 너무 걱정하신다. 투자사에서도 반응이 긍정적이니까 일단 한수 씨를 만나 보고 나서 걱정해도 늦지 않을 거예요."

"휴, 좋습니다. 오늘 오기로 한 거 맞죠?"

"그럴 거예요."

"근데 진짜 그 연습 영상 때문에 욕 엄청 먹던데…… 괜찮을지 모르겠네요."

만약 한수가 정상적인 루트를 거쳐서 주연배우 자리를 따냈으면 별반 이야기는 나오지 않았을 것이다.

그러나 한수는 오디션 없이 주연배우 자리를 따낸데다가 게다가 구름나무 엔터테인먼트에서 연기 테스트를 받았을 때의 그 영상이 유포된 상태였다.

그 두 가지가 겹쳐서 영화계 관계자들한테 비난을 당하고 있는 것이었다.

둘 중 하나만 아니었어도 이런 일은 없었을 텐데 두 가지 일이 함께 꼬여 버린 게 문제였다.

"어쩌겠어요. 이 난관을 뚫어내려면 결국 답은 하나뿐이죠."

"예, 한수 씨가 실력으로 자리를 쟁취하는 거 외에는 방법이 없겠네요."

"그렇죠. 그러니까 오늘 오디션 보면서 면밀히 살펴봐요. 정 문제 있으면 그냥 내치면 그만이잖아요."

"예, 그럴게요."

그들이 대화를 주고받을 때였다.

조연출이 부리나케 달려왔다.

"감독님! 대표님! 강한수 씨 오셨어요!"

"그래? 혼자 왔어?"

"예, 혼자 오셨는데요?"

"1인 기획사 들어갔다더니…… 음, 일단 안으로 모셔. 너는 차가운 얼음물 좀 한 컵 떠오고."

"예."

영화사 대표와 감독이 소파에 앉은 채 한수가 들어오길 기다렸다.

얼마 지나지 않아 노크 소리 이후 키가 훤칠하니 큰 젊은 사내가 문을 열고 안에 들어왔다.

두 사람은 젊은 사내를 보고 텔레비전에서 볼 수 있는 유명 인사를 실물로 보고 있다는 걸 여실히 느낄 수 있었다.

CD보다 작고 오밀조밀한 이목구비가 뚜렷한 미남형 얼굴은 아니었다.

그보다는 사람의 호감을 살 만한 그런 인상이었다.

'일단 외모는 나쁘지 않네.'

'텔레비전에서 본 것보다 실물이 더 낫네.'

대표와 감독은 눈빛을 주고받으며 자리에서 일어섰다.

"어서 와요, 강한수 씨."

"강한수 씨, 반갑습니다."

한수가 고개를 꾸벅 숙여 보이며 말했다.

"처음 뵙겠습니다. 김형준 역을 맡게 될 강한수라고 합니다."

"하하, 아직 100% 확정된 건 아니긴 한데……. 일단 자리에 앉으세요."

한수는 그들 맞은편에 앉았다.

그러나 목소리 하나만 듣고서도 그들의 속마음을 어렵지 않게 풀어낼 수 있었다.

두 명 모두 자신에게 호의적이지 않았다.

중립적인 견지에 선 채 말을 하고 있었지만, 전체적인 반응을 보건대 아무래도 호감보다는 걱정을 한 다발 안고 있는 게 분명했다.

한수가 자리에 앉자 영화감독이 조심스럽게 운을 띄웠다.

"한수 씨, 중요한 질문인 만큼 한번 짚고 넘어갈게요."

"예, 그러세요."

"그 영상 속 남자는 한수 씨 본인이 맞나요?"

"맞습니다."

"……음."

그가 적지 않게 당황하는 게 눈에 훤히 보였다. 그렇다고 해서 맞는 걸 아니라고 할 수는 없는 일이었다.

“좋아요. 한 번 한수 씨 오디션을 보고 싶은데 가능할까요?”

보통 이 정도 영화에서 주연배우를 오디션 하는 경우는 흔치 않다.

주연배우 자리는 대부분 검증된 배우들이 맡게 될뿐더러 그들의 연기력은 이미 충무로 이 바닥에서 어느 정도 인정을 받은 상태이기 때문이다.

그러나 어디까지 한수는 예외였다. 누구도 한수의 연기가 어떤지 본 적이 없었다.

만약 그들도 유튜브에 뜬 그 영상을 보지 못했다면 이렇게 공개 오디션을 제의하는 일은 없었을 것이다.

그런 까닭에 그들도 꽤 민망해하고 있었다.

독립 영화나 단편 영화도 아니고 제작비가 30억에서 40억 정도 들어가는 영화인데 이제 와서 주연배우 오디션을 보게 될 줄은 그들도 전혀 예상하지 못한 일이었다.

그렇지만 이제 와선 어쩔 수 없었다.

‘차라리 그때 구두 합의를 하지 말걸 그랬어요.’

‘출연료 많이 안 받아도 된다고 할 때부터 알아봤어야 하는 건데…….’

‘진짜 발연기면 어떻게 하죠?’

'그때는…… 구두 합의 깨고 공개 오디션 봐야죠. 마침 몇몇 기획사에서 연락 왔더라고요. 오디션도 볼 용의가 있다는데 차라리 그쪽하고 연계해 보는 게 낫지 않겠어요?'

'음, 그게 더 나을 수도 있겠네요.'

그들이 귓속말을 서로 주고받을 때였다.

한수가 준비를 마무리했다. 장수전 감독이 한수를 보며 말했다.

"한수 씨가 생각하는 김형준은 어떤 캐릭터인가요?"

"힘든 와중에도 끝까지 용기를 잃지 않고 꿈을 향해 정진하는 인물이라고 생각합니다."

"음, 그렇게 생각하는 이유는 뭐죠?"

"낙태할 수 있었는데도 불구하고 아이를 끝까지 책임지기 위해 결혼했고 자신의 꿈을 포기하면서까지 막노동을 하며 가족을 먹여 살리고 있기 때문입니다."

"방금 전 하신 말대로라면 자신의 꿈을 쉽게 저버린 건데 그것과 조금 전 이야기한 캐릭터가 서로 잘 맞아떨어진다고 할 수 있을까요?"

"저는 그렇게 생각하지 않습니다. 만약 그랬으면 진즉에 포기했을 텐데 끝까지 최선을 다합니다. 그 모습에서 저는 이런 감정을 느낄 수 있었습니다."

"좋아요. 자신이 연기해야 할 배역의 캐릭터는 스스로 만드는 거니까요. 그럼 씬 몇 개만 한번 해볼까요? 우선 82씬부터 가볼게요."

그리고 한수는 채널 마스터의 능력을 끌어올렸다.

동시에 발연기로 악명이 자자한 한수의 연기가 시작되었다.

오디션이 끝난 뒤 한수는 제작사 대표실을 빠져나갔다.

가만히 그 뒷모습을 보던 유 대표가 눈을 데굴데굴 굴렸다. 그것은 장 감독 역시 마찬가지였다.

두 사람은 방금 전 본 것을 도저히 믿을 수가 없었다.

처음에만 해도 그들은 자신의 두 눈과 두 귀를 의심했다.

분명히 유튜브에 퍼진 동영상은 진짜였고 한수가 발연기라는 건 누구나 다 아는 사실이 되어버렸다. 그래서 그들도 반쯤 포기하고 있던 게 현실이었다. 하지만 현실은 전혀 딴판이었다.

제대로 발연기를 보여줄 것이라고 생각했던 한수는 생각했던 것과 전혀 다른 모습을 보여줬다.

대사는 물 흐르듯 이어졌고 중간중간 소리치며 절규하는 장면에서는 그들도 눈시울이 붉어졌다.

그러나 궁금증은 여전히, 아니, 더 크게 남았다.

"어떻게 된 걸까요?"

"그 축구팀에서 은퇴한 지 기껏 해봤자 두어 달 지났는데…… 그동안 연기 레슨이라도 꾸준히 받아둔 걸까요?"

"글쎄요. 하지만 이거 하나는 분명해졌네요."

의미를 알 수 없는 유 대표 말에 장 감독이 의아한 얼굴로 물었다.

"예? 뭐가 분명해졌다는 건가요?"

"영화가 개봉할 때쯤 관객들이 영화 보고 깜짝 놀랄 거라는 건 분명해진 거 아닌가요? 한수 씨가 저렇게 연기를 잘하는데 말이죠."

"아, 그러네요."

"이건 끝까지 숨기는 방향으로 가야겠어요. 아니면 논란을 조금 더 지펴볼까요?"

"예? 괜찮을까요?"

그리고 며칠 뒤, 젊은 남자 배우 지망생으로 짐작되는 한 청년이 오디션을 보고 있는 게 유튜브에 올라왔다. 하지만 그가 누구인지는 아무도 알 수 없었다.

그런데도 군중들은 그가 연기하는 모습을 보며 정말 잘한다고 다들 엄청나게 많은 댓글을 달고 있었다.

CHAPTER 4

그와 별개로 한수는 거기까지 신경 쓰지 못하고 있었다.

학창 생활에 연예계 생활을 병행한다는 건 결코 쉬운 일이 아니었다.

언젠가 둘 중 하나를 선택해야 할지도 모른다는 생각이 들 정도였다.

한수는 조별과제를 끝낸 뒤 잠시 숨을 돌렸다. 「영화」 채널을 확보했지만 크게 바뀐 건 없었다.

최상위 카테고리 중에서 하나를 얻었고 그 덕분에 발연기라는 오명에서 벗어날 수 있게 되었다.

이 정도뿐이었다. 그 이상으로 현재까지 영향을 미친 건 특별하게 없었다.

한수는 학교 강의가 끝난 뒤 집으로 향했다. 그리고 그는 습관적으로 휴대폰을 확인했다.

영화제작사에서 올린 유튜브 영상은 삽시간에 화제가 되었고 많은 사람으로부터 호평을 받고 있었다.

실제로 댓글을 보면 강한수와 비교해서 반응은 훨씬 더 화기애애했고 누군지 알려달라고 하는 댓글들이 주를 이루고 있었다.

그것을 보며 한수는 쓴웃음을 감출 수가 없었다.

자신이 구름나무 엔터테인먼트에 입사한 뒤 찍은 영상이 한 인턴사원의 실수로 공개되어 버리면서 온갖 욕을 다 들어먹었는데 정작 영화사에서 편집해서 내보낸 저 짧은 영상은 사람들의 반응이 엄청나게 호의적이었기 때문이다.

그것도 잠시 집 앞에 도착한 한수는 차를 주차시키던 도중 걸려온 전화에 고개를 갸웃거렸다.

"어?"

뜻밖의 전화에 한수가 눈을 휘둥그레 떴다.

놀랍게도 그녀는 유 피디였다.

황금사단의 주축을 이루고 있는 피디 중 한 명이자 한수하고는 함께 「무엇이든 만들어드려요」를 연출했던 여성 피디였다.

한수는 일단 조심스럽게 전화를 받았다.

"유 피디님, 안녕하세요."

-한수 씨, 안녕하세요. 선배님한테 이야기로만 듣고 실제로 연락하는 건 이번이 처음이네요. 잘 지내시죠?

"예, 언제든지 연락 주시지 그랬어요."

-어차피 한수 씨는 선배님하고 자주 연락하고 그러셨으니까요. 그래서 연락할 생각을 미처 못 했어요.

"저는 괜찮은데…… 그보다 무슨 일이세요?"

-한수 씨, 이번에 영화 촬영한다는 소식 들었어요. 사실이죠?

"예, 맞습니다."

-솔직하게 말할게요. 한수 씨하고 함께 촬영했던 프로그램 있잖아요. 「무엇이든 만들어드려요」.

한수가 대답했다.

"물론 기억하죠. 무슨 일이신데요?"

-시즌1 반응 좋았던 거 아시죠?

"예."

-그래서 시즌2를 제작하고 싶었는데 한수 씨가 없어서 그동안 올스톱 상태였어요.

"아…… 네."

-다른 출연자를 섭외해서 촬영해 볼까도 생각해 봤는데 한수 씨만 한 분이 없어요. 차라리 이름을 「한식당」으로 지었으면 한식 잘하는 분으로 하면 되는데 「무엇이든 만들어드려요」

로 시작했다 보니…….

"네."

한수가 그 말에 한숨을 내쉬었다.

몸은 하나인데 부르는 곳은 여러 곳이다.

유 피디도 한수를 섭외하고 싶은 마음에 이렇게 전화를 건 게 분명했다.

-한수 씨, 한수 씨도「무엇이든 만들어드려요」에 애정이 있었을 거잖아요. 그렇죠? 저 혼자만 애정 있는 거 아닐 거잖아요.

"그럼요. 당연히 저도 애정이 많은 프로그램이죠. 유 피디님이 무슨 말씀을 하고 싶은지 잘 알 거 같아요. 그런데 유 피디님, 제가 마음은 여럿인데 몸은 하나에요. 그렇다 보니까 이게 어쩔 수가 없어요. 저를 찾는 사람은 많은데 하나하나 사정 다 들어주다 보면 정작 제가 하고 싶은 건 할 수가 없으니까요."

-한수 씨가 지금 가장 하고 싶은 건 영화인 건가요?

"예, 맞아요."

하루라도 빨리 채널 마스터가 된 다음 채널 마스터는 도대체 무엇이며 왜 이 능력이 자신에게 주어진 건지 아는 것. 그게 바로 한수가 궁극적으로 추구하는 목표다.

그 외에 다른 것들은 부차적인 것이었다.

-휴, 알겠어요. 이렇게 징징거려서 미안해요.

"아닙니다. 다음에 또 한 번 촬영해요. 저, 유 피디님하고 촬영하는 거 되게 즐거웠어요."

-고마워요. 빈말이라도 듣기 좋네요.

전화가 끊겼다.

한수는 숨을 길게 내쉬었다. 밤하늘을 올려다봤다.

마음 한구석이 무겁게 내려앉았다. 시간이 지나고 그동안 적지 않은 방송에 출연했다.

그러면서 여러 사람과 인연을 맺었다.

개중에는 「트루 라이즈」를 연출했던 장석훈 피디처럼 악연이 있었고 황 피디나 유 피디처럼 좋은 인연도 있었다. 그러나 공통된 건 똑같았다.

누구든 한번 한수와 촬영을 한 적이 있다면 그 이후로도 계속해서 한수와 함께 촬영하고 싶어 한다는 것이었다.

실제로 맨체스터 시티에서 은퇴하고 귀국한 이후 「자급자족 in 정글」을 연출하고 있는 박영식 피디에게서 여러 차례 연락이 왔었다.

주변 상황이 어느 정도 정리된 만큼 다시 고정으로 합류할 수 없냐는 게 그의 의견이었다.

그뿐만 아니라 철만을 비롯한 「자급자족 in 정글」팀의 의견이었다.

한수도 「자급자족 in 정글」에 꾸준히 나가고 싶었다.

실제로 무인도에 낙오되어 함께 생존하고 서로 어울리는 것 모두 즐거운 추억으로 남아 있었기 때문이다.

어쩌면 한번 프로그램 폐지를 당할 뻔한 적이 있었기 때문에 더욱더 똘똘 뭉칠 수 있었던 게 아닌가 싶었다.

그런 탓에 한수는 가급적 「자급자족 in 정글」에 나가고 싶었지만 그럴 수가 없었다.

채널 마스터의 능력은 점점 더 발전하고 있었다.

더 많은 채널을 확보하고 있었고 그럴수록 새롭게 자신을 써주고자 하는 능력이 늘어났다. 그리고 새롭게 인연을 맺은 사람들이 또 한수를 원하고 있었다.

실제로 맨체스터와 런던에서 한수를 도와준 적 있는 에드 시런도 시간이 남으면 꼭 런던에 와달라고 부탁을 하고 있었다.

새롭게 낼 앨범 가운데 하나를 한수와 함께 작업하고 싶다는 게 그의 의사였다.

그뿐만이 아니었다.

에릭 클랩튼, 지미 페이지 등 세계적인 기타리스트들과 노엘 갤러거, U2, Muse 등 여러 록밴드, 거기에 국내 여러 가수까지.

한수에게 손을 내미는 사람들은 너무 많았다.

그렇다 보니 한수는 시간을 잘게 쪼개 쓸 수밖에 없었다.

몇몇은 한수에게 굳이 학업을 이어나갈 필요가 있냐고 묻기도 했다.

차라리 그럴 시간에 음악적인 견해를 넓히는 게 뛰어난 뮤지션이 되는 데 도움이 된다는 게 그의 대답이었다.

그래도 이전이었으면 어느 정도 휘둘렸을지도 모른다.

맨체스터 시티에서 뛰기 전까지만 해도 한수는 아직 자신의 위치를 제대로 자각하지 못했을뿐더러 한수에게 손을 내민 사람들 모두 세계적인 유명인사들이다 보니 그 요청을 먼저 거절하기가 어려웠기 때문이다.

그러나 맨체스터 시티에서 선수로 뛴 이후 한수는 진짜 월드스타가 되었고 지금에 이르러서는 다른 누군가의 스케줄이 아닌 자신의 스케줄에 맞춰 움직일 수 있는 여유를 얻게 되었다.

그래도 가끔 아쉬움이 남는 건 어쩔 수 없는 일일지도 몰랐다.

집에 들어온 뒤 샤워부터 한 한수는 머리카락을 말리면서 컴퓨터 앞에 앉았다.

잠자기 전까지 한수는 체스를 한번 둬볼 생각이었다.

일전에 만수르가 말하길 체스나 승마, 골프 같은 스포츠는 충분히 즐길 필요가 있다고 했었다.

그랬기에 한수는 틈틈이 체스를 잠들기 전 잠깐이라도 둬볼 생각이었다.

승마나 골프를 집 안에서 즐기는 건 불가능하다 보니 체스를 선택한 것이었다.

한수는 곧장 국내가 아닌 해외 체스 사이트에 접속했다.

국내에도 몇몇 업체가 체스 게임을 서비스하고 있었지만 이렇다 할 실력자가 많이 없는 게 사실이었다.

아무래도 국내에는 체스 인구가 외국에 비하면 터무니없이 적었다.

그렇다 보니 한수는 일부러 해외 체스 사이트에 접속한 것이었다.

이미 그는 체스 관련 채널을 확보한 상태였다.

그런 만큼 어중간한 신출내기들은 한수의 상대가 될 리 없었다.

그래도 어느 정도 실력자는 되어야 상대를 해봄직했다.

그렇게 해외에서 운영 중인 체스 사이트에 접속한 뒤 한수는 곧장 빠른 대전을 시작했다.

문제는 한수가 막 계정을 새로 판 상태여서 같은 계급의 초보자가 상대로 잡혀 버렸다.

체스판이 화면에 깔렸다. 상대편이 먼저 폰을 움직이기 시작했다.

그리고 처음에는 조금 팽팽해 보이던 전투는 일방적으로 한수가 이득을 보는 상황으로 치닫고 있었다.

결국 얼마 지나지 않아 한수가 퀸을 움직여 상대방 킹 앞에 세웠다.

'체크 메이트.'

가볍게 한수가 승리를 거머쥐었다.

그때였다.

한수가 대기실로 나와 또 다른 대전을 찾아보려 할 때였다.

채팅창에 불이 들어왔다.

"응?"

한수는 채팅창을 확인했다.

상대 체스 게이머가 영어로 한수에게 연달아 채팅 메시지를 입력하고 있었다.

-당신 누구야?

-누군데 나를 이긴 거야?

-혹시 프로게이머야?

-누구냐고!

-대답해 봐!

그 아래로도 계속해서 채팅이 달리고 있었다.

한수는 눈매를 찌푸렸다. 그리고 그대로 상대를 차단했다.

그때였다.

일대일 대전신청이 들어왔다.

상대방의 온라인 체스 등급은 다름 아닌 인터내셔널 마스터(International Master)였다.

그랜드 마스터(Grand Master) 바로 아래 단계에 위치해 있는 등급이다.

한수는 호기롭게 대전신청을 수락했다.

빅터는 러시아인 체스 게이머였다.

그는 인터내셔널 마스터로 체스 강국으로 유명한 러시아에서도 꽤 촉망받는 인재이기도 했다.

러시아는 그랜드 마스터를 243명 보유하고 있으며 그 외 인터내셔널 마스터는 수를 헤아릴 수 없을 만큼 많이 보유 중이다.

그뿐만 아니라 ELO 레이팅이 2,700을 넘어가는 슈퍼 그랜드 마스터도 13명을 보유 중에 있었다.

어쨌든 빅터는 인터내셔널 마스터로 국제적으로 인정받는 유일한 온라인 체스 사이트인 이곳에서 종종 체스를 즐기곤 했다.

간혹가다가 그랜드 마스터도 종종 이 사이트에 들락날락하곤 했기 때문에 자신의 실력을 끌어올리기에 좋은 기회라고 생각해서였다.

그러다가 동생이 대전만 잡아둔 채 자리를 비운 컴퓨터에서 대전이 성립되었다.

빅터는 호기심에 컴퓨터를 옮겼다. 상대는 이제 막 가입한 초보자였다.

동생도 초보자 마크를 쓰고 있었으니 두 사람이 매칭된 듯했다.

어떻게 할까 고민하던 빅터는 쓴맛을 제대로 보여주기로 마음먹었다.

압도적인 우위를 보여주며 상대를 찍어 누를 생각이었다. 그런데 이게 무슨 일이란 말인가.

빅터가 초보자를 찍어 누르기는커녕 역으로 된통 당하고 말았다. 그야말로 완패였다.

그래서 빅터는 열불이 난 채 그에게 채팅을 연달아 보낼 수밖에 없었다. 하지만 채팅은 차단이 되어버렸고 빅터는 자신의 본캐로 일대일 대전을 신청한 것이었다.

한편 한수가 그 사실을 알 리 없었다.

그래도 이곳 초보자는 꽤 잘 두는구나, 하고 생각하며 상주인구는 적은 편이지만 실력자들이 곳곳에 포진되어 있다고 여기고 있었다.

그때 인터내셔널 마스터에게 대전신청이 들어왔다.

상대가 그랜드 마스터 다음가는 인터내셔널 마스터라고 하지만 그렇다고 해서 질 생각은 없었다.

이미 한수의 머릿속에는 수많은 그랜드 마스터들의 체스 기록이 농밀하게 압축된 채 정리되어 있었기 때문이다.

그리고 한수와 빅터, 두 사람의 대전이 시작됐다.

"빌헬름! 일어나 봐!"

"……으으, 무슨 일인데 그래?"

잠결에 일어난 빌헬름이 눈살을 찌푸렸다.

그의 친구가 빌헬름에게 윗옷을 건넨 다음 말했다.

"모스크바 기준으로 저녁 여섯 시 무렵에 어떤 초보자가 난입해서 도장 깨기를 했다더군."

"도장 깨기? 몇이나 당했기에 그래?"

빌헬름은 여전히 관심 없다는 얼굴이었다.

그의 친구가 웃으며 말했다.

"몇이 아니야. 몇십이지. 개중에는 인터내셔널 마스터 빅터도 있고 그랜드 마스터도 여럿 있어."

"……농담하는 거지?"

"맞아."

"미친."

한때 개인별 랭킹에서 3위까지 올라선 적 있던 빌헬름이 자리에서 일어서며 물었다.

"그놈, 아직 접속 중이야?"

빌헬름, 그는 세계에 단 47명 있다는 슈퍼 그랜드 마스터였다.

빌헬름은 눈매를 좁히며 물었다.

"그놈, 아직 접속 중이야?"

"아니. 로그아웃한 지 꽤 됐어."

"아쉽네. 근데 초보인 건 어떻게 알아?"

"그 전까지 전적이 전혀 없었거든."

"누가 따로 계정 판 건 아니고?"

빌헬름의 친구가 대답했다.

"이미 확인해 봤어. 새로 만든 계정이 맞대."

"……흠, 그렇단 말이지? 누구지? 러시아인일까? 아니면 미국인?"

"글쎄. 국적까진 알려줄 수 없다고 하더라고. 근데 이 시간에 자는 거면 일본 쪽이 유력하지 않을까? 아니면 중국이나."

"중국이 가능성이 높겠네."

아시아에서 체스를 가장 잘 두는 국가는 중국이다.

바둑만 잘 두는 게 아니다. 인구수가 많은 만큼 체스 역시 세계적인 플레이어가 즐비하다.

빌헬름이 그렇게 생각하는 것도 어떻게 보면 당연한 일이었다.

"중국이라…… 아마추어 중에 그 정도 실력자가 있었나?"

"뭐, 모를 일이지. 프로기사가 심심풀이로 인터넷 체스를 둬 본 걸지도."

"어. 잠깐만. 그 사람 접속했다."

"뭐? 진짜?"

빌헬름은 체스 사이트에 접속했다. 그리고 친구가 알려준 아이디에 곧장 대전신청을 걸었다.

그러나 대전신청은 거절됐다. 이미 그는 대전 중이었다.

"젠장. 어떤 놈이 대전을 건 거야?"

빌헬름은 투덜거리며 관전 모드를 켰다. 관전방에는 이미 적지 않은 사람들이 모여 있었다.

그랜드 마스터도 꽤 있었다.

빌헬름을 알아보고 채팅을 건네는 사람도 있는 가운데 빌헬름은 이 정체불명의 체스 게이머가 누구하고 경기를 하는지 확인했다.

"뭐야? 세르게이잖아."

"진짜? 세르게이라고?"

빌헬름은 침을 꿀꺽 삼켰다. 세르게이는 러시아의 슈퍼 그랜드 마스터였다.

세계 랭킹 6위인 그는 세계 랭킹 2위이자 러시아 랭킹 1위인 그레고리우스를 빼면 바로 그다음 최강자로 손꼽히고 있었다.

"이야, 이러다가 세르게이마저 지면……."

"세르게이가 질 리가 없잖아. 저 녀석은 나보다 랭킹이 더 높다고."

빌헬름은 세계에 단 47명 있는 슈퍼 그랜드 마스터 중에서 7위에 올라 있었다.

그러니까 세르게이는 빌헬름보다 랭킹이 한 단계 높은 슈퍼 그랜드 마스터였다.

그렇다 보니 만약 세르게이가 진다면 빌헬름도 어쩌면 질 수 있다는 의미였다.

하지만 어제 이 정체불명의 상대가 치른 경기 가운데 슈퍼 그랜드 마스터를 상대한 경기는 한 경기도 없었다.

인터내셔널 마스터 또는 그랜드 마스터를 상대로 한 경기뿐이었다.

그는 내심 세르게이를 응원하며 경기 국면을 보기 시작했다.

'세르게이! 저놈의 콧대를 납작하게 만들어 버리라고!'

관전방에 있던 사람들은 경기 결과를 보며 다들 머뭇거리기만 할 뿐 아무 말도 하지 못했다.

빌헬름은 믿기지 않는 얼굴로 모니터를 들여다봤다. 백색 퀸이 흑색 킹을 체크 메이트하고 있었다. 어디로 움직여도 회생할 방법은 전무했다.

외통수였다. 하지만 백색 체스말을 쓴 건 세르게이가 아니었다. 바로 무명의 플레이어였다. 그리고 빌헬름은 이번 경기를 보며 느낄 수 있었다.

이 녀석이 누군지는 알 수 없지만 지금 경기력만 놓고 보면 역대 최강의 플레이어라고 할 만했다.

슈퍼 그랜드 마스터 47인 가운데에서도 최강자로 손꼽히는, 노르웨이의 칼센(Carlesn)이 아닐까 생각이 되었다.

고민하던 빌헬름이 곧장 휴대폰을 쥐었다. 그리고 칼센에게 연락을 취했다.

얼마 지나지 않아 통화가 연결됐다.

상대는 칼센이었다.

-빌, 너도 그거 때문에 전화한 거야?

"응? 그게 무슨 소리야?"

-그 정체불명의 체스 게이머가 내가 맞는지 궁금해서 전화한 거 아니었어?

"뭐야. 너 알고 있었어? 너 맞아?"

-맞다면 내가 이렇게 귀찮아 할 리 없겠지. 아까 낮부터 계속 전화가 오고 있는데…… 도대체 그 미스터 X가 누구기에 이렇게 난리인 거야?

빌헬름은 칼센에게 간단히 상황을 설명했다.

이야기를 듣던 칼센이 흥미로운 듯 목소리가 자연스럽게 커졌다.

-흐음, 그렇다는 거지? 근데 나는 아니야. 이건 분명히 이야기할 수 있어. 그래도 세르게이가 그렇게 졌다면…… 정말 대단한 녀석이 맞긴 한가 보네. 너도 한판 붙어본 거야?

"아쉽지만 아직 못 붙어봤어. 워낙 대전자가 많아서 계속 기다려야 하더군."

-그래? 나도 한번 붙어보고 싶은데? 어떻게 불가능하려나?

빌헬름은 그 말에 눈을 크게 떴다. 세르게이나 자신과 다르게 칼센은 진짜 천재다.

열아홉 살에 세계 랭킹 1위에 오른 그는 알파고 같은 컴퓨터 프로그램을 제외하고는 세계 최초로 ELO 레이팅 3,000을 넘겼다.

"네가 만약 붙는다면…… 한 번 붙어보겠어?"

-어. 그러고 싶네. 근데 그놈 혹시 알파고 같은 거 아니야?

"그럴 리가."

인공지능은 날이 갈수록 발전하고 있다.

체스는 진즉에 세계 챔피언을 패퇴시켰다.

1997년 IBM의 슈퍼컴퓨터 '딥 블루'가 당시 챔피언이었던 가스파로프를 꺾으며 체스를 굴복시켰다.

지금으로부터 무려 22년 전의 일이다.

그 이후 체스계는 인간 위 컴퓨터가 자연스러운 일이 되었다.

유일하게 거기서 벗어난 게 바둑이었다.

하지만 바둑도 2015년 판 후이 2단을 상대로 완승했고 2016년에는 이형주 9단에게 4승 1패로 승리, 2017년에는 바둑 세계 랭킹 1위인 커제 9단을 상대로 완승을 거머쥐며 바둑마저 정복하는 데 성공했다.

칼센이 상대를 인공지능으로 오인할 법했다.

그때 통화를 끝낸 빌헬름에게 빌헬름의 친구가 말을 걸었다.

"빌! 너 대전 잡혔어!"

"뭐? 그 녀석하고?"

"어. 빨리 와. 지금 잡혔어."

빌헬름은 서둘러 컴퓨터 앞으로 뛰어갔다.

드디어 그 녀석과 붙어볼 기회가 생긴 것이었다.

한수는 새로 상대하게 된 선수의 아이디를 확인했다.

그의 아이디는 Bill이었다.

"빌. 흠, 이번 게임만 하고 좀 쉴까."

새벽이 될 때까지 대본을 외우고 있던 한수는 체스 한두 판을 하고 잠잘 생각을 하며 체스 사이트에 접속했다.

채널을 확보한 이후 한수는 세계적으로 유명한 여러 기사의 경험 및 실력을 얻을 수 있었다. 그들뿐만 아니라 IBM의 '딥 블루'가 세계 챔피언 가스파로프와 겨뤘던 경기도 확보했다.

그렇게 한수는 인공지능의 경기를 확보하였고 그것도 자신의 것으로 체득할 수 있었다.

그 덕분에 한수는 몇 수 앞을 내다보며 체스를 두는 게 가능해졌다.

한수는 빌의 대전 제안을 수락했다.

이곳 체스 사이트에는 ELO 레이팅에 맞춰 색깔별로 구분을 해두고 있다.

아마추어는 하얀색, 인터내셔널 마스터는 파란색, 그랜드 마스터는 붉은색 그리고 슈퍼 그랜드 마스터는 황금색으로 빛나게 된다.

당연히 빌헬름의 색깔은 황금색이고 그것은 세르게이 역시 마찬가지였다.

한수가 빌의 대전 제안을 수락한 건 그의 등급이 슈퍼 그랜드 마스터였기 때문이다.

이왕이면 보다 더 강한 상대와 대전을 겨루고 싶었다.

대전을 겨루면 겨룰수록 경험치가 꾸준히 올라가며 자신의 체스 실력도 함께 향상되는 것을 느낄 수 있었기 때문이다.

그렇다 보니 또다른 슈퍼 그랜드 마스터인 빌은 어떤 실력자일지, 어떤 포석으로 체스를 둘지 궁금했다.

그렇게 경기가 시작됐다.

게다가 관전자는 수백 명을 넘어가고 있었다.

개중에는 빌헬름한테 소식을 듣고 사이트에 접속한 세계 랭킹 1위 칼센도 있었다.

게임이 끝났다. 아슬아슬한 경기였다.

한수는 승리 창이 뜬 화면을 보며 한숨을 돌렸다.

-경험치가 7% 올랐습니다.

강적인 만큼 경험치 역시 꽤 많이 올랐다.

한수는 입가에 미소를 그렸다.

그래도 생각했던 것보다 훨씬 재미있는 경기였다.

그때였다.

상대방이 채팅을 해왔다.

-잠깐 이야기 좀 가능할까요?

그동안 한수는 의도적으로 채팅을 무시하고 있었다.

그가 채팅을 무시한 건 번거로운 일에 휘말리고 싶지 않아서였다.

그렇다 보니 요즘에는 한수보고 인공지능인 거 아니냐고 묻는 질문이 종종 있었다.

한수가 고민하다가 채팅을 쳤다.

-무슨 일이죠?

빌헬름이 반색하며 물었다.

-당신은 인공지능인가요?

-그럴 리가요. 어제 그런 이야기를 많이 듣긴 했는데 전혀 아닙니다.

-실례지만 당신은 누구죠? 저는 당신처럼 강한 플레이어는 처음 보는 거 같습니다.

-음, 그건 비밀로 해두고 싶네요.

-아쉽군요. 그보다 제 친구가 당신하고 한번 붙어보고 싶어 합니다. 혹시 가능할까요?

-예? 그게 누구죠?

빌헬름이 다급히 채팅을 쳤다.

-칼센이라고 합니다. 세계 랭킹 1위의 체스 마스터입니다. 오늘 당신 이야기를 했더니 무척 흥미로워하더군요. 지금 그도 게임에 접속해 있습니다. 어떠십니까?

한수는 곰곰이 생각에 잠겼다.

세계 랭킹 1위. 그것이 주는 무게감은 달랐다.

빌헬름도 최고의 플레이어 중 한 명이지만 그는 세계 랭킹 1위가 아니었다.

세계 랭킹 1위가 주는 무게감을 생각하며 한수가 고민 끝에 결정을 내렸다.

-좋습니다. 단 3판 2선승제로 겨뤄볼 수 있을까요?

-3판 2선승제요?

이번에 놀란 건 빌헬름이었다.

여태껏 그는 단판만 해왔다.

한번 붙은 상대와 또 붙는 경우는 없었다.

그래서 이번에도 단판 승부를 벌일 줄 알았는데 그가 먼저 3판을 제안한 것이었다.

-잠시만 기다려주시죠. 제가 친구를 초대하겠습니다.

두 사람이 대화 중이던 채팅창에 또 한 명이 들어왔다.

노르웨이 국적의 세계 챔피언 칼센(Carlsen)이었다.

-반가워요. 미스터 X.

처음 미스터 X가 누군가 했던 한수는 그게 자신을 가리키는 용어임을 알고 멋쩍게 웃으며 대답했다.

-반가워요. 미스터 챔피언.

-당신의 이야기를 빌한테 전해 듣고 기대하고 있었어요. 흔쾌히 수락해 줘서 고맙군요.

-단 3판 2선승제로 할 수 있을까요?

-물론이죠. 강한 상대와의 대결은 언제나 저를 흥분시키죠. 지금 바로 시작할까요?

한수가 3판 2선승제를 고른 건 경험치 때문이었다.

방금 전 빌헬름을 꺾었을 때 경험치가 무려 7% 올랐다.

만약 세계 챔피언인 칼센을 꺾는다면 경험치가 얼마나 오를까?

지금 한수의 경험치는 48%다. 못해도 70%까지는 채울 수 있지 않을까? 기왕이면 체스도 빠른 시간 안에 마스터하고 싶었다. 그리고 한수와 세계 챔피언 칼센과의 첫 번째 경기가 시작됐다.

한편 경기가 시작할 무렵 이 이야기는 알음알음 세계를 즐기는 여러 사람에게 알려져 있었다.

만수르가 그 소식을 접했고 몇몇 방송국에서도 이야기를 전해 들었다.

또, 알파고를 만든 구글도 이 소식을 접했다.

오래 전 체스를 정복한 탓에 구글은 체스에 대해서 관심을 접고 있었다.

바둑까지 정복한 지금 구글이 새롭게 정복하려 하는 대상은 E스포츠였다.

그런데 체스에서 흥미로운 대결이 펼쳐진다는 이야기에 구글 이사까지 체스 사이트에 접속했다.

몇몇 방송국에서도 이 소식을 접했다.

그들은 곧장 이번 매치를 생중계하기 시작했다.

그렇게 많은 사람의 관심을 끄는 사이 첫 번째 대결이 시작됐다.

팽팽한 접전 끝에 승리를 거머쥔 건 세계 챔피언 칼센이었다.

한수는 아쉬움에 입술을 깨물었다.

그때였다.

알림이 떴다.

[경험치가 2% 올랐습니다. 50%가 찼습니다. 이제 새로운 능력 하나를 추가로 얻으실 수 있습니다.]

한수가 미소를 지었다.

지금부터는 페이즈3다. 페이즈1은 채널을 처음 얻었을 때다. 페이즈2는 경험치를 15% 이상 쌓았을 때다. 그리고 이때 능력 하나를 확보할 수 있다.

페이즈3는 경험치를 50% 이상 확보할 경우다. 추가적으로 능력 하나를 더 얻을 수 있다.

페이즈4는 경험치를 100% 모두 확보했을 때다. 모든 능력을 완벽하게 얻을 수 있다.

마지막 페이즈5는 그 채널에 직접 출연하면서 채널을 완전하게 확보했을 경우다.

이때는 그 채널을 완벽하게 마스터하게 된다.

그렇게 한수는 경험치를 확보하는 것을 모두 다섯 단계로 구분하고 있다.

체스 같은 경우는 지금 페이즈2였다. 그리고 2경기를 앞두고 페이즈3에 접어들게 됐다.

그때였다.

세계 챔피언 칼센이 채팅을 쳐왔다.

-꽤 잘하시네요. 당신 프로 맞죠?

-아닙니다.

-흠, 진짜 누군지 궁금한데……. 좋아요. 바로 2경기 들어갈까요?

-물론이죠. 기대해도 좋을 겁니다.

-뭘 기대하라는 거죠?

-그건 경기를 시작해 보면 알 수 있겠죠. 바로 시작하죠.

채팅 직후 두 번째 경기가 시작됐다.

2경기와 3경기가 끝났다.

3판 2선승제.

한 선수가 2경기를 잡아야 이길 수 있는 대진이었다.

그리고 노르웨이의 커다란 저택에 살고 있는 칼센은 멍한 얼굴로 모니터를 바라봤다.

휴대폰이 계속해서 울리고 있었다.

그는 입술을 깨물었다. 액정에 뜬 이름은 빌이었다.

칼센이 전화를 받았다.

"왜?"

-괜찮아?

"어, 괜찮아. 문제없어."

-……어떻게 생각해?

"뭘 묻는 건데?"

-저 녀석, 인공지능일 가능성이 높지 않을까?

칼센이 입술을 깨문 채 곰곰이 생각에 잠겼다.

고민하던 칼센이 입을 열었다.

"인공지능……일 수도 있어."

-그렇군. 좋아. 컨디션 잘 추스르라고.

"그래."

1경기의 녀석과 2경기의 녀석은 전혀 달랐다.

정말 말 그대로 업그레이드된 것 같은 느낌이었다.

그래서 의심이 갔다.

인공지능이 아닌 이상 저렇게 완벽한 경기를 보인다는 건 불가능했다.

게다가 때때로 이상하게 둔 것 같은 플레이가 뒤에 보면 자연스럽게 상대의 우위로 연결되는 경우도 잦았다.

칼센은 그대로 의자에 몸을 파묻었다.

세 경기밖에 안 했는데도 불구하고 온몸이 피곤했다.

한편 한수 역시 만만치 않게 피로한 게 사실이었다.

한두 판만 하고 잘 생각이었는데 세계 챔피언하고 세 경기를 연달아 했다.

온몸이 피곤한 건 어떻게 보면 당연한 일이었다. 한수는 일단 로그아웃부터 하려 했다.

대전을 신청하는 메시지가 계속해서 날아들고 있었다. 개중에는 슈퍼 그랜드 마스터도 여럿 있었다.

그가 세계 챔피언 칼센을 상대로 2 대 1로 승리했다는 이야기에 곳곳에서 대전신청을 하고 있는 것이었다.

그렇지만 더는 경기를 치를 힘이 없었다. 그렇게 한수가 로그아웃을 하려 할 때였다.

쪽지가 도착했다는 알림이 떴다. 새롭게 도착한 쪽지를 한수가 확인했다. 그리고 그는 쪽지를 보고 눈을 휘둥그레 떴다.

쪽지를 보낸 곳은 다름 아닌 구글이었다. 구글 이사가 한수에게 직접 연락을 해온 것이었다.

-반갑습니다. 저는 구글의 이사 레이 커즈와일이라고 합니다. 당신이 누군지는 모르겠지만 세계 챔피언인 칼센씨를 상대로 2승 1패로 승리한 것, 정말 즐겁게 감상했습니다. 그래서 저는 당신을 구글로 초대하고 싶습니다. 딥 블루가 가스파로프를 꺾은 이후 우리는 체스에 대해 큰 관심이 없었습니다. 하지만 당신이 보여준 모습은 정말 흥미롭고 우리가 개발한 울티 원과 한번 겨루어 주셨으면 하는 바람입니다.

한수는 뜻밖의 제안에 머리를 긁적였다.

세계 챔피언인 칼센을 이겼지만 종이 한 장 차이였다.

그 정도로 칼센은 확실히 뛰어났다. 하지만 그 칼센도 인공지능과 겨뤄서 전패를 겪었다고 알고 있었다.

그런데 자신이 인공지능을 상대로 승리를 거둘 수 있을까?

지금으로는 불가능했다. 칼센이 처참하게 패배했는데 그런 칼센과 얼마 차이 안 나는 자신이 이간다는 건 불가능한 일이었다.

물론 그것은 어디까지나 현재에 한해서였다.

구글에 인공지능이 있다면 한수에게는 채널 마스터의 능력이 존재했다.

무엇보다 체스 채널을 완벽하게 마스터할 경우 어쩌면 인공지능을 상대로도 우위를 점할 수 있게 될지 모를 일이었다.

그러나 아직은 먼일이었다.

그때까지는 인공지능과 붙어볼 생각은 없었다.

하지만 때가 된다면?

그때는 한번 맞붙어보는 것도 나쁘지 않다고 생각 중이었다.

한편 한수는 출석은 빼먹지 않고 하고 있었다.

근래 들어 영화에 출연하기로 하면서 얼마 안 있으면 눈코 뜰 새 없이 바빠지게 될 가능성이 높아지고 있었지만 가급적 한수는 학교에 나가고자 했다.

이미 연예인이 다 된 상황에 굳이 대학교에 얽매여야 하나 싶은 생각이 가끔 들 때도 있었다.

대학교 졸업장이라는 게 취업을 위해서 반드시 필요하긴 하지만 한수는 취업할 필요가 없었다.

지금도 그를 섭외하고 싶어 해서 안달 난 사람들이 까마득하게 많았으니까.

즉 한수는 이미 취업이 보장된 상태였다.

그렇다 보니 몇몇은 한수보고 대학교를 차라리 안 다니는 게 낫지 않냐고 묻기도 했다.

그까짓 졸업장 필요 없으니 졸업하지 말고 촬영하는 데 조금 더 집중하는 게 낫다고 이야기한 것이다.

그런데도 한수는 끝까지 한국대학교를 다니고 졸업할 생각이었다.

그가 대학교를 시간이 부족한데도 다니는 이유는 크게 두 가지였다.

하나는 부모님 때문이었다.

부모님 두 분 모두 한수가 이렇게 연예인으로 완전히 자리 잡을 줄은 전혀 몰랐지만 그래도 그들은 아들이 대학교를 꼭 졸업하길 원했다.

한국대학교 졸업장.

자식을 둔 부모에게 그 졸업장만큼 소중한 선물도 없을 터였다. 또 하나는 캠퍼스 라이프였다.

한수가 처음 확보한 채널이 「EBS PLUS1」이었다.

지금은 마스터하는 데 성공했고 완벽하게 자신의 것으로 만들었지만, 그가 채널 마스터의 능력을 얻을 수 있던 것도 「EBS PLUS1」 덕분이었다.

그리고 그 덕분에 한수는 한국대학교에 입학할 수 있었고 조금은 소원하던 부모님과의 관계도 크게 회복될 수 있었다.

그렇게 힘들게 들어온 대학교인 만큼 꼭 졸업하고 싶은 게 사실이었다.

물론 이건 어디까지나 희망 사항이었다.

만약 촬영이 빡빡해지고 시간을 쪼개 써야 하는 상황이 오게 된다면 그때는 어쩔 수 없이 대학교를 또 휴학해야 하는 상황이 오게 될지도 몰랐다.

그러나 이번에 촬영하게 된 영화 크랭크인까지는 시간이 꽤 남아 있었다.

아직 주연 여배우도 캐스팅 중이었고 조연들 공개 오디션도 예정되어 있었다.

한수가 주연배우를 맡게 됐다는 말에 일부 배우들이 고사하기로 결정했기 때문이다.

그들 중 몇몇은 한수의 연기가 논란이 된 걸 문제 삼으며 이렇게 막무가내로 주연배우를 결정짓는다면 출연할 수 없다고 의기투합한 상태였다.

결국 새로 배우를 오디션으로 뽑고 있긴 했지만, 이번 영화의 전망이 썩 밝지만은 않은 까닭에 다들 우려를 표하고 있었다.

투자사에서도 한수를 굳이 주연배우로 써야 하는지 몇 차례 의견을 피력했을 정도였다.

투자사마저 부정적인 의견을 여러 차례 이야기하다 보니 한수도 난처할 수밖에 없었다.

그래서 한수는 감독을 만나 따로 오디션을 볼 수밖에 없었다.

워낙 평판이 떨어져 있다 보니 정면돌파가 필요했고 가장 좋은 방법은 오디션뿐이었다.

그리고 한수는 제작사 대표와 감독한테 꽤 좋은 반응을 얻어낼 수 있었고 급기야 그 영상이 공개된 이후 사람들의 관심도 지속적으로 높아지고 있었다.

그전까지 지속적으로 불만을 보였던 투자사 역시 오디션 영상을 보낸 이후 간섭하는 일이 크게 줄어들었다.

그 정도로 오디션 당시 한수가 보여준 모습은 발연기를 생각할 때 절대 나올 수 없는 모습이기도 했다.

그래도 아직 크랭크인까지는 시간이 남아 있는 상황.

한수는 그 남아 있는 시간을 이용해서 촬영을 하나 더 할까 생각 중이었다.

한수하고 촬영을 함께하고 싶어 하는 피디는 꽤 많았다.

가장 가까이에 황 피디와 유 피디가 있었고 그밖에도 여러 피디들이 한수를 섭외하고 싶어 했다. 그밖에 음반 작업을 함께하고 싶어 하는 사람들도 있었다.

줄을 세운다면 꽤 많은 사람이 길게 늘어설 터.

그러나 한수가 생각 중인 건 유 피디였다.

우선 「무엇이든 만들어드려요」가 촬영하는 내내 꽤 즐거웠던 데다가 그녀가 지난번 한수에게 전화를 걸어 속사정을 설명했던 것도 여러모로 마음에 걸렸기 때문이다.

「무엇이든 만들어드려요」는 유 피디의 입봉작이었다.

게다가 「하루 세끼」나 「싱 앤 트립」이 자신이 무조건 나오지 않아도 되는 것과 달리 「무엇이든 만들어드려요」는 자신이 반드시 필요했다.

자신을 필요로 하는 프로그램과 자신을 필요로 하지 않는 프로그램.

전자가 우선시되는 게 당연했다.

게다가 유 피디와의 친분을 생각하고 또 그녀가 현재 처한 상황을 고려해볼 때 「무엇이든 만들어드려요」 시즌2를 위해서 한 번 정도는 출연하는 것도 나쁘지 않을 듯했다.

한수는 곧장 박 대표에게 전화를 걸었다. 이야기를 들은 박 대표가 한수에게 말했다.

-한수야, 일단 회사로 와. 만나서 이야기하자.

"예, 그럴게요."

회사에 도착한 한수는 박 대표뿐만 아니라 황 피디와 유 피디도 함께 만날 수 있었다.

한수가 의아한 얼굴로 두 사람을 바라보고 있을 때 박 대표가 어색한 얼굴로 말했다.

"아니, 네가 「무엇이든 만들어드려요」 시즌2에 출연할 의사가 있다고 했더니…… 두 분 모두 한달음에 달려오셨어. 나는 그냥 출연할 의사가 있다고만 넌지시 이야기 드린 건데…….”

박 대표 말이 채 끝나기도 전에 황 피디가 입을 열었다.

“한수 씨, 진짜 출연할 수 있는 거 맞아요?”

“그게…… 생각 중이긴 해요. 어차피 크랭크인까지는 아직 시간이 좀 남고 강의도 지금 널널하거든요. 시간적인 여유가 있다 보니까 한 개 정도는 촬영이 가능할 듯해서요. 그리고 유 피디님이 지난번에 전화로 이야기하신 것도 마음에 걸려서요.”

“아, 유 피디가 마음고생이 심했어요. 솔직히 「무엇이든 만들어드려요」는 한수 씨 아니면 촬영이 불가능하잖아요. 다른 누구도 대체할 수 없는 유일무이한 프로그램이니까 그동안 속앓이를 꽤 했을 거예요. 그게 유 피디 입봉작이자 동시에 히트작이 되어버렸으니까요. 그렇다고 다른 걸 찍자니 망하면 어떻게 하나 부담감도 심했을 테고…….”

“선배! 그 정도는 아니거든요!”

“그럼? 그럼 한수 씨하고 촬영 안 할래? 그럴 거면 나야 좋지. 대신 내가 하자고 하지. 이번에는 프랑스나 미국에 가서 「싱 앤 트립」 시즌2를 찍을까 생각하고 있었거든. 한수 씨, 어때요? 뉴욕 가서 버스킹 한 번 더 하는 건?”

“……음, 그것도 괜찮겠는데요?”

버스킹도 나쁘지 않다.

사람들과 음악으로 교류할 수 있다는 것도 행복한 일이다.

그런 한수 모습에 유 피디가 바짝 엎드렸다.

"아, 안 돼요! 한수 씨! 저하고 한 번 더 촬영하기로 했잖아요! 네?"

"하하, 걱정 마세요. 유 피디님하고는 한 번 더 할 거니까요. 애초에 「무엇이든 만들어드려요」 시즌2를 촬영할 생각을 하고 있었어요."

"다행이네요. 휴, 정말 다행이에요."

한수가 유 피디를 보며 물었다.

"그런데 이번에도 지난번과 똑같이 촬영 컨셉을 가져가실 생각이신가요? 만약 그러면 썩 재미가 없을 거 같은데…… 시청자들도 좀 지루해할 거 같고요."

"아뇨. 그럼 안 되죠. 이번에는 컨셉을 조금 달리 해보려고요."

"이를테면 어떤 식으로요?"

유 피디가 야심에 찬 얼굴로 말했다.

"지난 일 년 동안 틈틈이 시즌2는 어떤 컨셉이 어울릴까 여러 방향으로 고민을 했어요. 기본적인 골조는 똑같이 가져가는 게 나을 거 같아요. 프로그램 제목도 그렇고, 애초에 이 프로그램은 한수 씨가 손님의 요구에 맞게 어떤 요리든 해주는 거니까요."

"예, 그렇죠."

"다만 이번에는 장소를 달리 해보려고요."

"장소를요? 어떻게요?"

"이번에는 한 번 도장 깨기 해보는 게 어때요?"

"……도장 깨기요?"

한수가 눈을 휘둥그레 떴다.

유 피디가 입가에 미소를 그리며 말을 이었다.

도장 깨기라니. 전혀 생각지도 못한 이야기였다.

한수가 당혹스러운 얼굴로 유 피디를 보며 물었다.

"도장 깨기라는 게 설마 제가 생각하는 그 도장 깨기가 맞는 건 아니겠죠?"

"맞아요. 도장 깨기. 국내부터 시작해서 외국까지 유명한 레스토랑을 찾아가서 요리 대결을 해보고 싶어요."

"……프로그램 제목하고 너무 괴리감이 생기는 거 아닌가요?"

"아니죠. 「무엇이든 만들어드려요」잖아요. 각양각색의 레스토랑을 찾아가서 정면승부를 하는 거죠. 「쉐프의 비법」에서 아이디어를 조금 따왔어요. 무엇보다 우리나라 사람들은 경쟁을 엄청 좋아하니까요."

"흠, 두 가지 걱정이 있는데요."

"예, 뭐든 말하세요."

"그렇다면 그 판정은 누가 하게 되나요?"

"판정단이 동행할 거예요. 두 분 정도로 생각 중에 있어요. 여기에 실제로 레스토랑을 찾은 손님 한 팀을 모셔서 판정을 도와달라고 할 생각이에요."

"좋아요. 그럼 레스토랑 섭외는 어떻게 하죠? 괜히 저한테 지면 이래저래 말들이 많을 텐데 그 피해를 감수하고 방송 촬영에 응할 레스토랑이 있을까요?"

유 피디가 그 말에 눈웃음을 그렸다.

"이긴다고 생각하시는군요."

한수가 멋쩍게 웃었다. 그는 「퀴진 TV」를 완벽하게 마스터했다.

그 덕분에 「퀴진 TV」에 나온 수만 가지 요리를 전부 다 조리할 수 있게 됐다.

그뿐만이 아니다. 한수는 선천적으로 타고나지 않으면 얻지 못하는 여러 가지 재능을 후천적으로 얻었다.

이 모든 게 채널 마스터 덕분이다.

절대 미각이라든가 또는 음식의 레시피를 읽어낸다거나 하는 이 모든 능력은 채널 마스터가 후천적으로 한수에게 쥐어준 것들이다.

그 능력이 있기 때문에 한수는 도리어 자신감이 있었다.

웬만한 쉐프보다 훨씬 더 유리한 위치에 있다고 생각하는 것도 채널 마스터가 그에게 준 여러 능력 때문이었다.

"일단 몇 군데는 이미 섭외해 뒀어요. 사실 한수 씨가 맨체스터 시티에 입단하지 않았더라면 곧장 시즌2도 찍을 생각이었거든요. 그랬다가 한수 씨가 맨체스터 시티에 입단하면서 흐지부지되어 버렸지만요."

"음, 촬영에 협조하겠다는 레스토랑이 실제로 있던가요?"

"예, 한수 씨도 아시는 분들이에요."

"네? 설마……."

"일단 김경준 쉐프님, 최형진 쉐프님 그리고 공 숙수님. 세 분 모두 흔쾌히 촬영에 응하겠다고 하셨어요."

"……세 분이요?"

"예, 특히 최형진 쉐프님은 벼르고 있으세요. 「힐링 푸드」에서 한수 씨한테 처참하게 패배하셨잖아요. 그렇다 보니 그때는 푸드트럭이다 보니 졌지만, 이번 프렌치 요리만큼은 절대 질 수 없다고 벼르고 계시더라고요."

"하하, 그래서 국내 방송은 몇 화 정도로 생각 중이세요?"

"일단 시즌2 반응을 보고 나쁘지 않으면 시즌3를 고려 중이에요. 시즌2는 국내로 하고 시즌3는 외국으로 하려고요. 대략 12부작을 생각 중인데 레스토랑 세 곳 정도만 더 섭외하면 가능할 거 같아요."

레스토랑 한 곳당 2부를 편성한 셈이다.

한수가 황 피디를 보며 물었다.

"황 피디님 생각은 어떠세요? 이거 촬영해도 괜찮을 거 같나요?"

"그럼요. 저는 무조건 오케이입니다."

한수도 솔직히 나쁘지 않다고 생각하고 있었다.

방송 출연 몇 번이 전부인 연예인 강한수와 요리 경력이 수십 년이 넘어가는 쉐프와의 맞대결.

「쉐프의 비법」이 인기를 끌 수 있었던 요인 중 하나는 쉐프와 쉐프의 맞대결 덕분이다.

프랑스 요리, 이탈리아 요리, 미국 요리, 중국 요리, 일본 요리 등 여러 나라에서 요리를 배운 쉐프들이 자신의 강점을 살려서 맞붙게 된 것이 흥미 요소를 이끌어냈다.

유 피디가 「쉐프의 비법」에서 착안한 건 바로 이 요소였다.

대결.

누가 우위에 있느냐 하는 것.

그 경쟁이야말로 프로그램의 재미를 살리는데 필수불가결한 요소다.

요즘 들어 아이돌 오디션 프로그램이 인기를 끌고 있는 건 스스로 국민 아이돌을 뽑을 수 있다는 것과 더불어 자신이 응원하는 소년 또는 소녀가 경쟁자들을 뚫고 데뷔하길 바라는 마음에서다.

게다가 유 피디가 섭외한 쉐프들 같은 경우 「쉐프의 비법」에 출연하면서 연예인 못지않은 인지도를 얻고 있다.

그들 개개인도 확실한 팬층이 있는 걸 감안하면 이번 방송은 꽤 흥미로운 대결이 될 게 분명했고 그만큼 화제가 되며 시청률도 잘 나올 게 확실했다.

"좋습니다. 출연할게요."

한수가 결정을 내렸다.

재미있을 것 같은 방송이다. 무엇보다 채널 마스터의 진짜 능력은 어디까지인지 확실히 확인할 수 있는 방송이기도 했다.

완벽에 이른 채널 마스터의 능력은 모든 쉐프들을 상대로도 완벽한 승리를 장담하게 해줄까?

그 점이 궁금했다.

한수는 학과에서 제법 친하게 지내는 동기 및 후배들과 함께 집에 모였다.

테이블에는 치킨과 피자 등 각종 주전부리가 수북이 쌓여 있었고 커다란 텔레비전에서는 한창 히어로즈 오브 레전드 월드컵이 중계되고 있었다.

5세트까지 가는 접전 속에서 KV팀은 한창 중국팀을 상대로 혈전을 벌이고 있었다.

경기를 보며 동기 한 명이 연신 험한 말을 토해냈다.

"아, 진짜 저 새끼 겁나 못하네. 아오, 저기서 저렇게 스킬을 쓰면 어떻게 하냐!"

"그러게. 완전 맛 갔네. 이러다가 중국에 지는 거 아니겠지? 그럼 진짜 끔찍한데."

"한수 형이 출전했어야 하는 건데. 그러면 다 씹어 먹었을 텐데. 형, 왜 KV팀 안 갔어요? 형이 갔으면 우승컵 싹 쓸어 담았을 텐데."

"인마. 그 이야기를 몇 번 하냐? 막말로 형 연봉 맞춰줄 구단이 몇 곳이나 되냐? 그러니까 찔러보려다가 제풀에 깨갱 하며 나가떨어진 거지. 맞죠?"

"뭐, 그런 이유도 있고. 다른 이유도 있고. 그보다 너네 랭크가 어떻게 되지?"

"……실버 4등급이요."

"그게…… 골드 2등급이요."

"이 자식들은 골론즈 주제에 프로 선수를 까냐? 그러니까 입롤이 문제인 거야."

"그냥 재미 삼아 그러는 거죠. 설마 진짜 까는 거겠어요?"

"에이, 형도 참. 저 KV팬이에요. 응원한 지 벌써 1년이 넘었어요."

“……정말? 그러면 더 응원을 해야지.”

“죄송해요.”

“그렇게 입롤할 시간에 응원이나 한마디 더 해. 선수들 괜히 힘 빠지게 하지 말고.”

“예, 형.”

“죄송해요. 형.”

“나한테 죄송할 게 뭐 있어. 저 선수들한테 사과하면 되겠네.”

그러는 사이 KV팀과 중국팀 간의 경기가 끝났다.

5세트까지 가는 접전 끝에 승리를 거머쥔 건 KV팀이었다.

서로 얼싸안고 울고 있는 KV팀 선수들 얼굴에는 확고한 성취감이 제대로 부여되어 있었다.

그렇게 4강전 경기가 끝이 난 뒤 애들이 한수를 조르기 시작했다.

“형 방송 키고 히오레 하는 것 좀 보여주시면 안 돼요?”

“왜?”

“에이, 챌린저가 방송키면 어떻게 되나 궁금해서요. 네?”

“좋아. 기다려 봐.”

방금 전 경기를 보며 내심 손이 근질거렸던 한수다.

그는 곧장 컴퓨터를 켰다.

그런 뒤 제일 먼저 트위치TV 방송부터 켰다.

한수는 방송부터 킨 다음 게임에 접속했다.

동시에 친구추가 메시지가 수두룩하게 떠올랐다.

매번 지우고 지워도 계속해서 쌓이는 게 바로 이 친구 추가창이었다.

그리고 한수는 본격적으로 게임할 준비를 했다.

그때 한수와 친구를 맺고 있는 아이디를 보던 한 후배 녀석이 눈을 크게 떴다.

그의 친구창은 프로게이머들 부캐로 수두룩했다. 개중에는 프로게이머 본캐도 적지 않게 있었다.

"형, 이거 다 프로게이머들 맞아요?"

"응. 맞아. 게임 끝나고 친구 추가해 달라고 넣기에 해줬어."

"대박. 잠깐만. 이거 엠페러 선수 부캐 아니에요?"

"그럴걸?"

대수롭지 않게 말하는 한수를 보며 여기 모인 한수의 동기와 후배들은 한수가 새삼 챌린저가 맞다는 걸 깨달을 수 있었다.

챌린저 중 몇몇은 프로게이머하고도 알고 지낸다고 들었는데 그게 진짜 사실인 모양이었다.

그때 트위치TV를 보고 있던 동기 녀석이 시청자 수를 보고 혀를 내둘렀다.

트위치TV에서 말하는 대기업이라고 해도 몇천 명 수준인데 반해 방송을 켠 지 얼마 안 되는 한수의 방송은 벌써 시청자

수가 1만 명에 육박하고 있었다.

[한-하.]

[한-하.]

[정말 오랜만이에요! 요새 왜 그렇게 방송 안 하셨어요?]

[홀드컵 보고 계세요? 홀드컵 중계 좀 해주시면 안 돼요?]

하나둘 올라오던 채팅창이 점점 스크롤바가 밀리기 시작하더니 어느 순간 무슨 대화가 오고 가는지 아예 보기 힘들 정도가 되어버렸다.

그들 모두 한수의 인기를 맨몸으로 느끼며 입을 쩍 벌렸다.

"우와, 만약 이 계정 갖고 피시방에서 게임하면……."

"초딩들 난리 나겠지."

"그렇겠지? 챌린저라고 난리도 아니겠다."

"저거 봐. 같이 매칭되는 게 죄다 프로게이머들뿐이잖아."

"진짜 죽인다."

동기들과 후배들이 즐겨보는 가운데 한수는 한두 판 게임을 즐겼다.

그가 보여주는 현란한 무빙과 정교한 스킬샷을 보며 그들이 연신 감탄을 토해냈다.

때마침 인원 수도 한수를 포함해서 다섯 명인 상황.

몇몇 녀석들이 한수를 설득하기 시작했다.

"형, PC방 가서 몇 게임만 하면 안 돼요?"

"어차피 지금 시간에 초딩들 없잖아요. 몇 게임만 하고 와요. 네?"

자기 혼자 게임만 할 수는 없었다.

들러리를 서라고 데려온 건 아니었다. 다 같이 조별과제를 끝내고 나서 홀드컵을 보기로 했기 때문에 집에 데려온 것이었다.

결국 그들은 한수 집 근처에 있는 PC방으로 향했다.

멀리서 봐도 한수는 유독 눈에 띄었다.

그렇게 PC방에 그들 다섯 명이 들어섰다.

PC방 안은 시끌벅적했다. 그래도 다행히 남는 자리가 있었다. 그리고 그들은 곧장 다닥다닥 붙어 앉은 다음 5인 일반 게임을 시작했다.

동시에 그들이 게임에 접속했을 때였다.

뒤에서 화면을 빤히 쳐다보던 아르바이트생이 눈을 휘둥그레 떴다.

"뭐야? 챌린저잖아?"

대기실 화면을 뚫어지게 본 결과 챌린저가 확실했다.

히어로즈 오브 레전드에서도 50명밖에 없다는 챌린저.

개중 한 명이 지금 이곳 PC방에서 게임 중인 것이었다.

"뭐? 챌린저라고? 진짜야?"

"어. 저기 가운데 앉아 있는 형, 챌린저던데?"

아르바이트생 말에 한창 히어로즈 오브 레전드 중이던 몇몇 고등학생들이 슬금슬금 몰려들었다. 그리고 그들은 한수의 소환사 명을 보고 터져 나오려는 비명을 억지로 집어삼켰다.

'……대박.'

'강한수 맞지?'

'어. 백 퍼 맞음.'

'와. 사인받고 싶다.'

'나도.'

그들이 숙덕거릴 때였다.

한수는 대충 돌아가는 상황을 눈치챘다.

이럴 줄 알아서 PC방에 오고 싶지 않았다.

이미 등 뒤에는 수십 명이 넘는 중 고등학생이 그들을 둘러싸고 있었다.

그나마 초등학생이 없다는 게 위안이라면 위안일까?

첫 경기를 깔끔하게 이긴 뒤 한수가 자리에서 일어났다.

"어? 형 왜요?"

뒤늦게 다른 녀석들도 돌아가는 상황을 파악했다.

한수는 양해를 구하고 PC방에서 나왔다.

몇몇 녀석들이 그런 한수를 뒤쫓으려 했다. 어떻게든 사인을 받고 말겠다는 강렬한 의지가 느껴졌다.

그렇게 악착같이 따라붙은 몇몇에게 사인을 해준 뒤 한수는 서둘러 집으로 돌아왔다. 대중교통은 물론 사람들이 많은 곳도 섣부르게 갈 수 없게 됐다는 게 조금 씁쓸했다.

하지만 인기 많은 연예인이라면 누구나 겪게 되는 일이기도 했다.

그리고 며칠 뒤 첫 촬영 장소가 잡혔다.

한수가 「퀴진 TV」를 통해 제일 먼저 그 경험과 지식을 확보할 수 있었던 프랑스 요리 1세대 쉐프, 김경준 쉐프의 레스토랑이 바로 그 장소였다.

한수도 첫 상대가 김경준 쉐프라는 말에 적지 않게 긴장하고 있었다.

그렇게 한수가 김경준 쉐프가 서래마을에서 운영 중인 레스토랑에 들어섰을 때 그는 만반의 준비를 갖춘 채 자신을 기다리고 있는 김경준 쉐프를 만날 수 있었다.

동시에 「무엇이든 만들어드려요」 시즌2 첫 촬영이 시작됐다.

「무엇이든 만들어드려요」 시즌2 첫 촬영이 시작되기 전 출연자들끼리 인사를 나누기 시작했다.

김경준 쉐프가 한수를 반겼다.

"한수 씨, 어서 와요. 「쉐프의 비법」 촬영 이후로 처음 보는 거 맞죠?"

"예, 그렇죠. 하하, 잘 지내셨어요?"

"그럼요. 오랜만에 보는 건데 오랜만에 보는 것 같지 않네요."

"예?"

"텔레비전에 한수 씨가 자주 나오다 보니 엄청 익숙하거든요."

"조금 많이 나오긴 했죠."

한수가 멋쩍게 웃었다.

"예능 프로그램은 촬영 안 할 줄 알았는데…… 이번에 영화 촬영 들어간다는 이야기 들었거든요."

"아, 아직 크랭크인하려면 좀 멀어서요. 아마 겨울방학쯤 촬영에 들어갈 거 같아요."

"겨울방학요? 아, 한수 씨가 대학생이었죠. 가끔 한수 씨가 대학생인 걸 종종 까먹곤 하네요."

"그런가요? 쉐프님은 요새 요리만 하고 계신 건가요? 「쉐프의 비법」에서 하차하신 이후로 방송 쪽에서는 뵌 적이 없는 거 같아서요. 아, 「퀴진 TV」에 한 번 더 나오신 건 봤었어요."

김경준 쉐프가 그 말에 눈을 동그랗게 떴다.

"어? 한수 씨, 「퀴진 TV」도 봐요?"

"예, 종종 보곤 하죠. 제가 김경준 쉐프님 요리를 배운 것도 「퀴진 TV」를 보면서부터였거든요. 그때 「세계의 요리 : 유럽편/

프랑스 - 프랑스 궁중 요리의 진수 오트 퀴진(Haute Cuisine)」 하셨잖아요."

"……그것도 다 기억하고 있어요?"

"그럼요. 그때 쉐프님이 만든 요리도 다 기억하는걸요? 콩소메 수프도 있었고 바삭하게 구운 농어구이도 생각나고 거기에 화룡점정은 양갈비 구이였죠. 하하, 진짜 누가 봐도 맛있어 보이더라고요. 그날 그 MC분이 했던 감상평을 지금도 잊지 못하고 있어요."

"하하, 한수 씨는 기억력도 참 좋은가 봐요. 아니, 기억력이 좋으니까 한국대학교에 입학했겠죠? 진짜 한수 씨는 뭐든 잘하나 봐요."

"……그런 건 아니에요. 저도 못하는 거 많아요."

김경준 쉐프가 의아한 얼굴로 물었다.

"한수 씨가 못 하는 것도 있어요? 아, 혹시 연……."

"연기는 이번에 달라진 모습을 제대로 보여줄 생각이에요. 저 때문에 다른 분들이 피해를 입으면 안 되니까요. 그리고 제가 못한다고 한 건 연기가 아니라 다른 거예요."

"다른 거 뭔데요? 한수 씨 약점이 뭔지 엄청 궁금해지네요."

실제로 한수는 못하는 게 뭔지 모르겠다고 정말 많은 사람들이 수군거릴 만큼 다방면에서 두루두루 뛰어난 재능을 보이고 있었다.

예능에 나올 때마다 뭐든 잘하곤 했으니 사람들이 그렇게 생각할 법했다.

그런데 한수도 못하는 게 있다고 하니까 김경준 쉐프가 설마 하는 반응을 보이고 있었다.

한수가 웃으며 말했다.

"일단 춤을 진짜 못 춥니다. 구름나무 엔터테인먼트에 있을 때 3팀장, 아니, 그러니까 지금 저희 회사 대표이신 분이 저를 아이돌로 데뷔시키려고 강력하게 밀었는데…… 춤을 정말 못 춰서 아이돌이 못 된 적이 있어요. 아마 그때 아이돌 하려고 했으면 「픽 미 업(Pick me up)」에 출연했을지도 모르겠네요. 하하."

실제로 한수가 구름나무 엔터테인먼트에 처음 들어갔을 때 3팀장은 「픽 미 업」에 출연하는 게 어떻겠냐고 물어본 바 있었다.

「픽 미 업」은 99명의 아이돌 연습생을 모아놓고 대국민 오디션을 펼쳐서 최종적으로 살아남는 11명이 정식 데뷔하는 오디션 프로그램이었다.

그때에도 한수의 노래 실력은 꽤 훌륭한 편이었고 만약 「픽 미 업」에 출연했다면 상위 11명 안에 드는 것도 충분히 가능했을 것이다.

그러나 한수는 지금도 그렇지만 그때도 춤을 잘 못 췄고 그것 때문에 그는 「픽 미 업」에 출연하는 대신 「자급자족 in 정글」 고정 자리를 꿰차게 됐다.

만약 그때 「픽 미 업」을 했더라면 어떻게 됐을지 지금도 한수는 그 결과가 궁금했다.

「자급자족 in 정글」 대신 「픽 미 업」에 출연했다면 꽤 오랜 시간 아이돌 연습생 과정을 거쳤을 테고 채널 마스터의 능력 역시 춤을 제일 먼저 확보하는 데 심혈을 기울였을 것이다.

「K-POP STAR」를 확보했고 이 프로그램도 적지 않은 아이돌이 나와서 춤을 추긴 하지만 「K-POP STAR」는 음악과 관련이 있는 프로그램이었다.

춤을 확보하기 위해서는 또 다른 프로그램을 얻을 필요가 있었다.

어쨌든 그렇게 됐으면 아이돌로 데뷔했을 테고, 또 다른 삶이 펼쳐졌을 것이다.

한수가 아이돌이 된 자신의 모습을 상상해 봤다.

썩 어울리지 않았다.

지금의 자신이 한수에게는 가장 알맞은 옷을 입은 듯한 느낌이었다.

그때 김경준 셰프가 한수를 보며 물었다.

"한수 씨, 무슨 생각을 그렇게 해요?"

"아, 문득 「픽 미 업」에 출연했으면 어떻게 됐을까 생각해 보고 있었어요."

"아마 한수 씨는 「픽 미 업」에 나갔어도 잘해냈을 거라고 생각해요."

"정말요? 감사합니다."

"진심이에요. 한수 씨는 뭐든 잘해내잖아요."

김경준 쉐프 말에 한수도 환한 미소를 지었다.

그때 레스토랑에 속속 다른 출연자들이 들어오기 시작했다.

이번에 판정단을 맡게 될 연예인들이었다.

개중 한 명은 한수도 익히 잘 아는 얼굴이었다.

"어? 너도 출연해?"

"응. 유 피디님이 「무엇이든 만들어드려요」 시즌2 찍을 건데 출연할 생각 있냐고 하셔서 냉큼 그런다고 했지. 너도 연락 좀 미리 주면 어디가 덧나냐?"

"……미안. 난 요새 너 촬영 때문에 바쁠 줄 알았지."

"뭐? 촬영 들어간 거 하나도 없거든! 이렇게 친구 소식에 둔해서야. 너무한 거 아니야?"

그녀는 서현이었다. 그래도 아는 얼굴이 한 명 있어서 한결 마음이 놓였다. 또 다른 한 명은 초면이었다.

하지만 얼굴은 낯이 익었다. 브라운관에서 워낙 많이 본 얼굴이기 때문이다.

"반갑습니다. 송태준입니다."

그는 배우 송태준이었다.

이선우, 박현빈 등과 더불어 톱스타로 손꼽히는 그는 영화가 아닌 드라마에서 꽤 인지도가 높았다.

한수도 어색하게 그와 인사를 나눴다.

“아, 강한수입니다. 처음 뵙겠습니다.”

“서현이한테 이야기 많이 들었어요. 한수 씨가 진짜 다재다능하다고 되게 부러워하더라고요. 하하.”

키도 크고 얼굴도 잘생긴 데다가 목소리마저 호감인 그는 웃음소리도 허스키한 게 무척 멋있었다.

그런데 서현이 자신의 이야기를 했다는 말에 한수가 서현과 송태준을 번갈아 바라보며 물었다.

“서로 아는 사이인가요?”

“예, 예전에 함께 드라마를 찍은 적이 있어서요. 완전 왈가…….”

“오빠!”

서현이 버럭 하고 나섰다.

송태준이 머쓱한 얼굴로 웃었다. 그의 눈이 초승달처럼 휘었다.

한수는 그런 송태준을 보며 새삼 그가 무척 잘생겼다는 생각이 들었다.

국내에서 괜히 열 손가락 안에 드는 특급 배우가 아니었다. 그리고 서현이 송태준을 향해 투덜거리는 게 보였다.

왠지 모르게 그 모습을 보는 게 영 속이 쓰렸다.

한수가 퉁명스러운 목소리로 물었다.

“송태준 씨도 요리를 좋아하시나 봐요. 유 피디님이 여러분 모두 판정단으로 섭외한 걸로 알고 있거든요.”

“아, 그럼요. 미흡하긴 하지만 조리사 자격증도 있고 데뷔하기 전에는 레스토랑에서 데미쉐프로 있었습니다.”

“그렇군요.”

그렇다면 자격은 충분히 차고 넘치는 셈이다.

서현도 조리사 자격증을 땄으니 그녀도 판정단을 맡을 최소한의 자격은 있다고 봐야 했다. 그렇지만 이들 둘로는 부족했다.

그때 또 다른 출연자 두 명이 촬영 시간이 지나기 직전에 도착했다. 그들 모두 한수하고 안면이 있는 사람들이었다.

“희연 선배님?”

남녀 한 명씩이었다. 일단 여자는 배우 장희연이었다.

미식가로 유명한 그녀는 판정단을 맡기에 충분한 자격이 있었다.

아마 시청자들 대부분 납득할 게 분명했다.

그렇다면 남자는? 그는 만화가 김형석이었다.

“형석이 형, 오랜만이에요.”

「쉐프의 비법」에 함께 출연한 이후 꽤 친해진 두 사람이다.

비공식적인 자리에서는 호형호제할 정도로 친분이 두터워

졌다.

특히 그림으로 여러 차례 연락을 나누다 보니 더 가까워진 것도 없지 않아 있었다.

처음에만 해도 한수가 그림을 그려보고 있다는 말에 그는 잡다하게 이것저것 건드리려 하는 모습에 단단히 충고를 하려 했었다.

하지만 한수의 그림 실력을 보고 난 뒤 그는 적극적으로 한수에게 조언을 아끼지 않았고 그 이후로는 꽤 사이가 각별해져 있었다.

"김경준 쉐프님, 안녕하십니까? 저 왔습니다."

"하하, 형석 씨가 판정단을 맡게 된 건가요?"

"예, 유 피디님이 저를 적극적으로 스카웃해 주셔서요. 무엇보다 황금사단이 연출하는 프로그램 아닙니까? 이 기회를 놓칠 수는 없죠. 거기에 한수도 출연하기로 했다니까 더욱더 욕심이 나더군요."

김형석이 환하게 웃었다. 속물적인 대답이지만 그게 밉진 않았다. 김형석의 캐릭터 컨셉이 원래 그렇기 때문이다.

그렇게 모두 네 명의 판정단이 꾸려졌다.

남자는 배우 송태준과 만화가 김형석, 여자는 배우 장희연과 김서현. 이렇게 네 명이었다.

여기에 오늘 식사를 하러 온 손님 중 무작위로 한팀을 골라 모두 다섯 팀에게 판정을 맡길 예정이었다.

촬영을 앞두고 리허설이 시작됐다.

레스토랑이 실제로 영업을 하는 가운데 점심시간에 리허설을 하고 저녁 시간에 본격적으로 촬영을 할 예정이었다.

한수는 조리복을 입은 채 주방으로 향했다.

그러다가 테이블 한쪽에 둘러앉은 채 담소를 나누고 있는 판정단 네 명이 보였다.

특히 환하게 웃으며 송태준과 떠들고 있는 서현의 모습이 유독 눈에 콕콕 박히고 있었다.

그때 김경준 쉐프가 한수를 툭툭 치며 말했다.

"한수 씨 뭐해요?"

"예? 아, 그냥 레스토랑 좀 둘러보고 있었어요. 레스토랑이 진짜 예쁘네요."

"그렇죠? 제가 오랜 시간 공들여 가꾼 곳이에요. 와이프도 정말 많은 도움을 줬고요. 이왕이면 많은 사람이 한 번 왔다 가는 곳이 아니라 여러 번 찾아오게끔 하고 싶었거든요."

"저도 나중에 이런 레스토랑을 하나 갖고 싶네요."

"하하, 한수 씨는 쉐프되기 싫다고 들은 거 같은데요?"

"나이 먹고 은퇴하면…… 어쩌면 한 번은 해볼 수 있지 않을까요?"

"그러려나요? 하하, 그럼 바로 요리 준비하러 가볼까요?"

"예, 그러죠. 잘 부탁드립니다."

"저도 잘 부탁할게요."

오늘은 촬영에 맞게 한수와 김경준 셰프 둘 다 코스 요리 하나씩 준비하기로 했다.

구성은 아뮤즈 부쉬, 메인디시, 그리고 디저트 순서였다.

김경준 셰프는 자신의 시그니처 요리인 수비드 꼬숑 위주로 코스 요리를 짰다.

한수는 고민 끝에 메인디시로 양갈비를 선택했다.

이것은 그가 「퀴진 TV」에서 봤던 김경준 셰프의 요리가 유독 인상 깊게 남아 있어서였다.

그러는 동안 리허설이 펼쳐졌다.

한수와 김경준 셰프가 각각 조리대 위에서 요리를 시작했다.

유 피디는 그 장면을 보며 눈을 빛냈다.

확실히 한수가 있고 없고의 차이는 컸다.

뭐랄까, 그가 있으면 유독 촬영장이 더욱더 빛나는 느낌을 받을 때가 적지 않았다.

카메라 감독도 신들린 듯한 움직임을 보이며 두 사람의 요리 장면을 카메라로 담기 시작했다.

하지만 이건 실물로 봐야 했다.

카메라로는 그들이 요리하는 모습을 반의반도 제대로 담아내질 못하고 있었다. 그 점이 무척 아쉽기만 했다.

그때 두 사람이 제일 먼저 아뮤즈 부쉬를 완성했다.

둘 다 최선을 다해 만든 요리였다.

김경준 쉐프가 만든 것은 자그마한 유리컵에 담긴 공예품 같은 요리였다.

쥬키니 퓨레에 흑진주처럼 빛나는 청어알이 소복하게 올려진 연어였다. 그리고 그 옆에는 토마토를 젤리처럼 만들어낸 토마토 젤로가 함께 곁들어져 있었다.

김경준 쉐프가 야심 차게 준비한 아뮤즈 부쉬였다. 그리고 그는 슬쩍 한수가 만든 아뮤즈 부쉬를 확인했다.

쉐프들 사이에서 한수는 정말 경이적인 존재로 평가받고 있었다. 왜냐하면 그는 모든 분야의 요리를 한계 없이 완성도 있게 만들 수 있었기 때문이다.

그리고 한수가 만든 아뮤즈 부쉬를 보며 김경준 쉐프는 혀를 내둘렀다.

자신의 예상이 한 치의 오차도 없이 정확히 들어맞았다.

한때 쉐프들 사이에서는 열띤 토론이 열린 적이 있었다.

강한수, 달리 Hans로 불리는 연예인 때문이었다. 국내뿐만 아니라 외국에서도 한수는 열띤 토론을 일으키게 하는 주범이었다.

한수가 열띤 토론을 일으키게 하는 이유는 간단했다.

그가 갖고 있는 능력 때문이었다. 대부분의 쉐프들은 한수에 대해 무척 궁금해했다.

실제로 한수가 「하루 세끼」를 찍을 때 쉐프들은 저게 상식적으로 말이 되나 하는 생각을 했다.

그 정도로 불가사의한 능력이었다.

세계 각국의 요리를 웬만한 쉐프 못지않게 만들어내는 능력은 일반인들뿐만 아니라 쉐프들의 호기심을 자극하기에 충분했다. 그렇지만 연결고리가 없는 탓에 쉐프들은 한수에 대해 궁금해하면서도 그 호기심을 풀 길이 없었다.

그러다가 한수가 「쉐프의 비법」을 몇 번 촬영했을 때였다.

그때 한수는 촬영을 하면서 쉐프들과 인맥을 텄고 그런 뒤 한수와 함께 촬영했던 쉐프들에게 질문이 쇄도한 건 어찌 보면 당연한 일이었다.

그 정도로 이전까지만 해도 쉐프들이 한수를 떠올릴 때마다 함께 생각하는 이미지는 정체불명의 형이상학적인 괴물이었기 때문이다.

김경준 쉐프는 그때 열렸던 열띤 토론을 떠올렸다.

동종업계에 일하는 몇몇 쉐프들은 한수가 진짜 그 모든 요리를 전부 다 만든 건지, 조작 가능성은 전혀 없는지, 제작진이 개입하지 않았는지 여러 가지를 꼬치꼬치 캐물었다.

아무래도 방송이라는 게 연출이 필요할 수밖에 없고 시청자들이 모르는 곳에서 어떤 식으로든 제작진의 개입이 필수불가결하게 이루어질 수밖에 없기 때문이다.

방송을 있는 그대로 믿는 건 레슬링을 실제 싸우는 것으로 생각하는, 어렸을 때나 가능한 일이지 나이를 먹게 되면서부터는 당연히 의심을 할 수밖에 없었다.

실제로 김경준 쉐프도 처음 한수와 함께 촬영할 때는 그를 의심할 수밖에 없었다.

「쉐프의 비법」에서 그가 보여준 수비드 꼬숑은 자신이 방송에 나가서 만들었던 수비드 꼬숑과 한 치의 오차도 없이 똑같았기 때문이다.

오히려 한수는 가니쉬를 보다 더 창의적으로 만들어내며 자신이 만든 수비드 꼬숑보다 더 좋은 평가를 얻어내곤 했다.

'진짜 천재인 걸까?'

김경준 쉐프는 자신의 접시 옆에 놓인 한수의 접시를 바라봤다.

이번에 한수가 만든 아뮤즈 부쉬는 그가 가진 재능을 한눈에 보여주고 있었다.

보통 양식 위주로 구성하는데 반면에 한수는 한식과 양식 그리고 일식 이렇게 세 가지로 아뮤즈 부쉬를 꾸며냈다.

워낙 다양한 국적의 요리를 소화할 수 있는 만큼 그에 걸맞게 아뮤즈 부쉬 역시 세 종류로 만들어낸 것이었다.

김경준 쉐프는 한수가 만든 아뮤즈 부쉬를 하나하나 살폈다.

그러다가 고개를 돌려 한수를 보며 물었다.

"한수 씨, 아뮤즈 부쉬 좀 먹어 봐도 될까요?"

"예, 그럼요. 한 세트 더 만들어 드릴게요. 잠시만요."

잠시 뒤, 김경준 쉐프 앞에 한수가 만든 아뮤즈 부쉬 한 접시가 놓였다.

그는 흥미로운 눈으로 한수가 만든 아뮤즈 부쉬를 재차 꼼꼼히 살폈다.

어차피 지금은 리허설이었고 그렇다 보니 상대적으로 여유가 있었다.

한수의 요리를 맛보는 게 크게 흠이 될 일은 없었다.

무엇보다 김경준 쉐프는 방송인이기 이전에 쉐프였다.

흥미를 돋게 하는 한수의 요리를 지금 당장 먹고 싶은 게 그의 솔직한 속내였다.

김경준 쉐프는 제일 먼저 왼쪽에 놓여 있는 것부터 젓가락을 가져갔다.

가장 왼쪽에 놓인 아뮤즈 부쉬는 한식을 퓨전시킨 아뮤즈 부쉬였다. 그리고 그것은 젓갈을 올린 손가락 한 마디 크기의 흰쌀밥이었다.

그러나 평범한 흰쌀밥은 아니었다. 그 안에 고소하게 양념이 된 제육볶음이 들어 있었다.

김경준 셰프는 천천히 한수가 만든 아뮤즈 부쉬를 맛보기 시작했다.

익숙하면서도 감칠맛 나는 맛.

씹으면 씹을수록 살짝 매콤하면서도 달짝지근한 제육볶음의 맛이 그대로 묻어났다.

김경준 셰프는 고개를 끄덕였다. 나쁘지 않은 맛이었다. 그리고 그는 두 번째 아뮤즈 부쉬를 맛보기 시작했다.

이번에는 조개관자와 올리브유와 비네그렛을 곁들인 해산물 샐러드였다.

'고기 다음에는 해산물인가?'

비릿할 줄 알았던 조개관자에 해산물 샐러드였는데도 불구하고 이전에 먹은 제육볶음 맛과 절묘하게 어울리며 묘한 시너지를 일으키고 있었다.

김경준 셰프는 눈을 질끈 감았다. 제육볶음을 곁들여 젓갈을 위에 올린 흰쌀밥은 평범했지만, 여기에 조개관자와 해산물 샐러드가 함께 곁들어지니까 맛이 배가되는 느낌이었다.

'대단하군, 대단해. 진짜 어디서 어떤 요리를 누구한테 배운 거지? 공 숙수님이면 한식은 기가 막히게 가르치겠지만 양식이나 일식은 또 아닐 텐데…….'

김경준 쉐프는 고개를 절레절레 저었다.

그리고 그는 가장 오른쪽에 놓여 있던 아뮤즈 부쉬에 젓가락을 가져갔다.

놀랍게도 그건 생닭이었다.

하지만 그냥 생닭은 아니었다. 껍질을 고소하게 구워낸 닭고기 타다키였다.

씹으면 씹을수록 껍질 맛이 고소했다.

좀처럼 씹는 것을 멈출 수가 없었다.

그렇게 세 가지 아뮤즈 부쉬를 모두 맛보고 난 뒤 김경준 쉐프가 한수를 보며 물었다.

"한수 씨, 이 아뮤즈 부쉬 이름은 무엇인가요?"

"아, 딱히 생각해 둔 이름은 없습니다. 밸런스를 생각해 보다가 한식, 양식, 일식 골고루 맛보이게 하고 싶었습니다. 아무래도 그게 제 장점이기도 하니까요."

한수가 멋쩍게 웃었다.

가만히 한수를 보던 김경준 쉐프가 웃으며 말했다.

"육 해 공 완전정복으로 하면 어떻겠습니까? 잘 어울릴 거 같군요."

"……육 해 공 완전정복이라. 나쁘지 않네요. 잘 써먹겠습니다."

한수가 입가에 미소를 그렸다.

딱 자신이 생각하던 그 이름 그대로였다.

판정단 네 명은 요리가 나오길 기다리고 있었다.

그들은 둘 중 누구의 요리가 더 나을지 갑론을박을 벌이고 있었다.

배우 송태준은 한수의 요리는 맛본 적이 없었지만 김경준 쉐프의 요리는 먹어본 적이 있었다.

「쉐프의 비법」에 한번 출연한 적이 있었기 때문이다.

반면에 나머지 세 명은 한수가 만든 요리와 김경준 쉐프가 만든 요리 모두 다 먹어본 적 있었다.

특히 장희연은 「쉐프의 비법」 쉐프들한테 한수가 만든 요리보다 더 맛있는 요리를 만들어 달라고 부탁한 적도 있었다.

만화가 김형석이 제일 먼저 자신의 의견을 밝혔다.

"제가 볼 때는 그래도 김경준 쉐프님이 조금 더 유리하지 않을까 싶어요."

"이유는요?"

"음, 일단 코스 요리잖아요. 한수가 그동안 여러 방송에 나와서 요리를 만들긴 했지만 그래도 아직 한수는 아마추어라고 생각해요. 그런 만큼 김경준 쉐프가 보다 더 유리하지 않을까 싶어요."

"저는 그렇게 생각 안 해요. 실제로 「무엇이든 만들어드려요」 시즌1을 촬영할 때 한수는 세계에서 찾아온 손님들한테 코스 요리를 만들어 대접한 적이 있었어요. 경력만 놓고 보면 웬만한 쉐프 저리 가라 할 정도 아닌가요?"

"나도 서현이하고 생각이 비슷해요. 물론 김경준 쉐프님은 프랑스 요리 1세대 쉐프로 정말 명망 높으시고 요리도 잘하시는 분이 맞지만…… 한수 씨가 더 유리하지 않을까 싶어요."

"음, 다들 한수가 유리하다고 보시는군요."

김형석도 어느 정도 그런 생각을 하고 있긴 했다.

실제로 한수가 보여준 모습은 불가능에 가까웠다.

그가 「쉐프의 비법」을 하차한 이후로도 쉐프들 사이에서는 종종 한수 이야기가 빠지질 않았다.

만약 그가 꾸준히 「쉐프의 비법」에 나왔더라면 얼마나 많은 승리를 챙겼을 지가 관심사였다.

그리고 대부분의 쉐프들은 한수가 웬만해서는 지지 않았을 것이라고 예상을 했다.

'이번에 또 김경준 쉐프를 상대로 이길 수 있을까?'

김형석이 눈매를 좁혔다.

만약 김경준 쉐프를 상대로 재차 승리를 거둔다면 한수는 쉐프로서도 충분히 그 자질이 입증된 것이라고 봐야 했다.

'방송 일 때려치워도 레스토랑 차리면 되겠네. 부러운 자식.'

김형석이 속으로 한수에게 투덜거릴 때 가만히 이야기를 듣고 있던 송태준이 다른 사람들을 보며 물었다.

"한수 씨가 그 정도로 요리를 잘해요? 저도 방송을 통해 몇 번 보긴 했지만, 김경준 쉐프님은 프랑스 요리만큼은 우리나라에서 세 손가락 안에 드는 대가시잖아요."

송태준의 질문은 보통의 일반인들이 으레 품고 있는 생각을 대변하는 것이었다.

이 중에서 가장 미각이 뛰어나다고 할 수 있는 장희연이 고개를 끄덕이며 입술을 떼었다.

"정말 잘하죠. 저도 처음 한수 씨가 만든 요리를 먹고 얼마나 놀랐는지 몰라요. 「하루 세끼」에 게스트로 갔다가 먹게 됐는데 진짜 놀라웠죠. 한동안 요리를 안 했을 테니 실력이 녹슬었을지도 모르지만…… 글쎄요. 그때 먹었던 요리 실력이라면 아마 국내는 물론 외국에도 한수 씨보다 더 맛있는 요리를 만들 수 있는 쉐프는 정말 드물 거라고 생각해요."

평소 음식에 관해서는 되게 예민한 장희연이 쏟아내는 호평에 송태준이 눈을 휘둥그레 떴다.

그렇지만 여전히 한편으로는 썩 와닿지 않았다. 방송이 만들어낸 모습이 아닌가 싶은 생각이 여전히 기저에 깔려 있기 때문이다.

그때였다. 서버가 아뮤즈 부쉬를 테이블에 차근차근 세팅하기 시작했다.

"어? 촬영 시작한 거예요?"

"아뇨. 일단 맛보시라고요. 저녁 촬영 때는 다들 어떻게 드셨는지 평가해 주셔야 하니까 그 전에 미리 맛보시는 게 나을 거 같아서요."

그때 장희연이 입을 열었다.

"저는 됐어요."

"예? 괜찮으시겠어요?"

"응. 괜찮아."

조연출이 당황한 얼굴로 물었다.

"저…… 왜 그러신지."

"유 감독님한테 대신 전해주세요. 괜히 빈 시간 동안 저울질하고 싶진 않으니까 디너 때 먹고 그 자리에서 결정을 내리고 싶다고요."

"아, 예. 알겠습니다. 그렇게 전달하겠습니다."

결국 아뮤즈 부쉬 두 접시가 치워졌다. 이제 남은 건 세 접시뿐이었다. 그리고 장희연은 잠시 테이블을 떠났다.

다른 사람들의 이야기도 듣지 않겠다는 것이었다.

다른 사람들 모두 그녀의 의사를 확실히 엿볼 수 있었다.

"진짜 요리에 있어서만큼은 되게……."

"되게 섬세하시죠. 원래 그러세요. 특히 맛있는 요리인만큼 선입견이 생기는 건 좋지 않다고……."

서현이 어색하게 웃으며 항변했다. 김형석이 고개를 끄덕였다. 충분히 이해할 수 있는 반응이었다.

결국 남은 세 명이 두 사람이 만든 아뮤즈 부쉬를 맛보기 시작했다.

그들이 제일 먼저 관심을 가진 건 당연히 한수가 만든 아뮤즈 부쉬였다.

그럴 수밖에 없었다.

한수가 만든 아뮤즈 부쉬는 한식, 양식 그리고 일식 이렇게 세 가지 국적의 요리였다.

딱 보면 다른 것에 비해 도드라져 보일 수밖에 없었다.

오히려 김경준 쉐프의 아뮤즈 부쉬가 조금 처져 보이는 감이 없지 않아 있었다.

하지만 세 사람 모두 김경준 쉐프가 만든 아뮤즈 부쉬를 먼저 맛보기 시작했다. 그리고 세 사람은 누가 뭐라 할 것 없이 가볍게 탄성을 토해냈다.

"와, 진짜 부드럽다."

"이게 뭐예요?"

요리를 내온 서버가 친절하게 웃으며 설명을 곁들었다.

"밑에 깔린 건 쥬키니로 만든 퓨레입니다. 그리고 훈제 연어 위에 청어알을 올리셨어요."

"연어구나. 진짜 입에서 살살 녹는 거 같아요."

김경준 쉐프가 만든 아뮤즈 부쉬는 모두 세 개였다.

각각 맛이 절묘하게 살아 있을 뿐만 아니라 그 조화 역시 완벽하게 어울리고 있었다.

송태준은 가볍게 박수를 쳤다.

"진짜 맛있네요. 김경준 쉐프님은 방송을 그만두고 오히려 더 맛있어진 거 같아요."

"꼭 쉐프님한테 전달해 드릴게요."

"예? 아, 그렇다고 방송을 그만둔 게 잘한 게 아니라 그냥 맛이 더 좋아진 것 같아서……."

송태준이 어색하게 변명했다.

그러는 사이 서현과 김형석은 한수가 만든 아뮤즈 부쉬에 시선을 돌렸다.

아까 전부터 유독 군침을 삼키게 했던 바로 그 아뮤즈 부쉬였다.

그리고 그들은 누가 먼저라 할 것도 없이 제일 먼저 한식으로 된 아뮤즈 부쉬부터 한입에 털어 넣었다.

"제육볶음 맞죠?"

"네. 그런 거 같아요. 근데 아주 특별하진 않네요."

"이 정도면 김경준 쉐프님이 훨씬 맛있는데요?"

"일단 다음 거 먹어 봐요!"

서현은 두 번째 아뮤즈 부쉬를 젓가락으로 집고 입에 넣었다.

조개관자와 올리브유와 비네그렛을 곁들인 해산물 샐러드였다. 그리고 두 번째 아뮤즈 부쉬를 맛보았을 때 그들 모두 눈을 감았다.

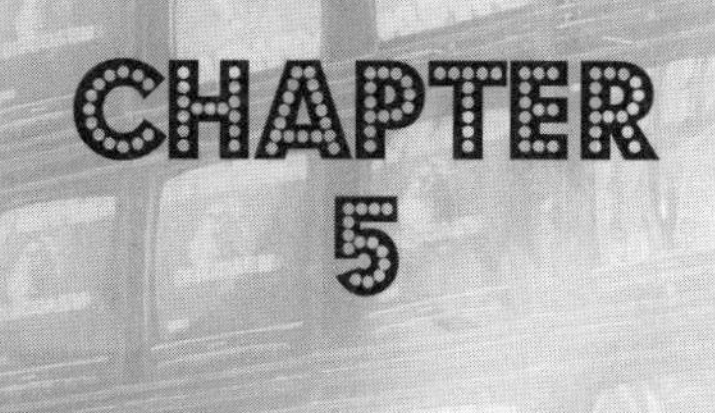
CHAPTER
5

잠시 뒤 서현이 눈을 동그랗게 떴다.

그녀는 믿기지 않는다는 얼굴을 한 채 혼잣말로 중얼거렸다.

"와, 맛있어."

김형석도 고개를 절레절레 저었다.

"……따로 먹으면 평범한데 같이 먹으니까 장난이 아니네."

송태준도 적잖이 놀란 상태였다.

그들은 이제 마지막 아뮤즈 부쉬를 맛보기 시작했다.

그리고 껍질만 바삭하게 구워내서 타다키한 닭고기를 맛보며 그들은 온몸을 타고 흐르는 전율을 참기 위해 애썼다.

"꿀꺽."

송태준은 자신도 모르게 침을 삼켰다.

아뮤즈 부쉬 세 개를 차례차례 먹었는데 왠지 모르게 훨씬 더 허기가 졌다.

당장 메인디시를 먹고 싶었다.

메인디시는 어떤 요리일지 정말 궁금했다.

유 피디가 그들 테이블로 다가와서 물었다.

"다들 어떠셨어요?"

서현은 말없이 엄지손가락을 치켜들었다.

"최고였어요. 진짜 어떻게 이런 구성을 생각해 냈는지 궁금할 정도예요."

"……대단하네요. 한수 실력이 녹슬었을 거라고 생각했는데 전혀 아니네요. 훨씬 더 훌륭해진 거 같아요. 그동안 요리만 했나 봐요."

유 피디가 송태준을 바라봤다.

다른 세 명과 다르게 송태준만 김경준 셰프가 압승을 거두지 않을까 생각하고 있었다.

그렇다 보니 그는 어떤 평가를 내릴지 궁금했다.

"송태준 씨는 어떻게 생각하세요?"

"음, 그러니까…… 일단 메인디시를 맛봐야 알 거 같아요. 아뮤즈 부쉬는 어디까지나 입맛을 돋우는 핑거푸드 같은 거잖아요? 메인디시가 더 중요하지 않을까요?"

"그렇군요. 알았어요. 메인디시가 준비되는 대로 알려드릴게요."

유 피디가 돌아간 뒤 서현이 송태준을 빤히 보며 물었다.

"오빠, 한수가 만든 요리가 더 맛있지 않았어요?"

"어? 그, 글쎄? 음, 잘 모르겠는데?"

"그래요?"

"메인디시를 먹어보면 좀 감이 잡힐 거 같긴 해."

"……그럴 수도 있죠."

서현이 퉁명스러운 얼굴로 중얼거렸다.

그때 잠깐 테이블을 떠나있던 장희연이 돌아왔다.

그녀가 서현을 보며 물었다.

"아뮤즈 부쉬는 잘 먹었니?"

"예, 선배님도 같이 드셨으면 참 좋았을 텐데……."

"디너 때 먹으면 되지. 아, 어떤 요리였는지는 말하지 말고. 선입견은 품고 싶지 않아서 말이야."

"그럼요."

"그래도 무척 기대가 된다. 다들 만족해하는 표정이 얼굴 한 가득 있는 거 같아서 말이야."

"네, 진짜 김경준 쉐프님이 만든 것도 그렇고 한수가 만든 것도 그렇고 정말 훌륭했어요."

"그 정도면 됐다. 이번에 출연하기로 한 보람이 충분히 있겠구나."

한편 한수와 김경준 쉐프는 주방에서 메인디시를 준비 중에 있었다.

그들이 내놓기로 합의를 본 메인디시는 해산물 하나와 육류 하나, 이렇게 두 종류였다.

김경준 쉐프가 혼신의 힘을 기울여 메인디시를 준비하기 시작했다.

한수가 만든 세 종류의 아뮤즈 부쉬를 맛본 순간 김경준 쉐프는 직감하고 있었다.

한수가 만든 아뮤즈 부쉬가 자신이 만든 아뮤즈 부쉬보다 훨씬 더 특별하다는 것을.

거기서 만회하기 위해서는 메인디시에 힘을 실을 필요가 있었다.

김경준 쉐프가 원래 생각했던 메인디시는 수비드 꼬숑이었다.

김경준 쉐프의 시그니처 메뉴이기도 했다.

여기에 가니쉬를 조금 달리 가져갈 생각이었다.

그리고 그가 생각했던 해산물 메인디시는 전복이었다.

하지만 여기서 김경준 쉐프가 조금 전략을 달리했다.

그는 전복 대신 부드럽고 통통한 대구살을 선택했다. 껍질은 바삭하게끔 살짝 탈 정도로 그을렸다. 그리고 브로콜리를 잘게 썬 다음 매쉬드 포테이토를 사이드에 곁들였고 그런 다음 대구살 위에는 케일을 소복하게 올렸다.

반면에 한수가 선택한 해산물 메인디시는 농어였다.

먹음직스러운 농어에 쫄깃쫄깃한 오징어 여기에 퓨레를 곁들인 뒤 그 위에 홀그레인 크림소스를 올렸다.

김경준 쉐프는 그것을 보며 가볍게 탄성을 토해냈다.

그리고 첫 번째 메인디시가 완성이 됐다.

김경준 쉐프가 심호흡했다.

이번 메인디시는 최선을 다해 요리해 낸 것이었다.

기존에 생각했던 전복을 버리고 대구를 선택한 건 보다 더 임팩트 있는 맛을 보여주고 싶었기 때문이다.

그것도 잠시 한수가 만든 메인디시에 눈이 갔다.

고민하던 김경준 쉐프가 한수를 보며 물었다.

"한번 먹어 봐도 되죠?"

"예, 그럼요."

한수가 웃으며 대답했다.

김경준 쉐프는 설레는 마음을 억누르며 한수가 만든 메인디시를 맛보기 시작했다.

부드러운 농어에 쫄깃쫄깃한 오징어, 두 가지 요리가 서로 어울러졌다. 거기에 해산물 요리에 주로 쓰이는 홀그레인 크림소스 역시 달콤하면서 또 새콤한 맛을 내고 있었다.

서버가 메인디시 두 가지를 들고 판정단에게 향했다.

그러는 동안 한수가 만든 메인디시를 맛본 김경준 쉐프는 계속해서 드는 묘한 생각에 눈매를 좁히고 있었다.

이번에도 장희연은 판정단 자리에 없었다.

그러는 동안 한수와 김경준 쉐프가 해산물로 만든 메인디시가 테이블 위에 차려졌다.

그들 모두 기대에 찬 얼굴로 메인디시를 바라봤다.

아까 전 아뮤즈 부쉬 같은 경우 어떤 쉐프가 어떤 아뮤즈 부쉬를 만들었는지 서버가 미리 설명했지만, 이번에는 그러지 않았다.

서버는 접시만 내놓고 재빠르게 퇴장했고 어떻게 요리를 평가하느냐는 이 자리에 남아 있는 판정단 세 명의 고민이 되었다.

그들은 일단 김경준 쉐프가 만든 메인디시부터 천천히 맛보기 시작했다.

통통한 대구살이 부드럽게 입에 감겼는데 껍질은 바삭하니 고소한 맛이 났다.

거기에 매쉬드 포테이토는 부드러웠고 케일이 그 맛을 한층 더 돋보이게 하고 있었다.

"이거 되게 맛있는데요? 그렇죠?"

송태준이 눈을 빛냈다.

서현도 고개를 끄덕였다.

"되게 부드럽네요. 대구살이 진짜 혀끝에서 통통 튀는 줄 알았어요. 그런데 껍질은 또 바삭하게 구운 게…… 장인의 솜씨가 느껴지네요."

김형석이 서현을 보며 물었다.

"음, 김경준 쉐프님 요리 같죠?"

"그런 거 같은데…… 일단 다음 메인디시도 먹어 봐야 할 거 같아요."

서현이 또 다른 메인디시를 바라봤다.

바로 옆에 놓여 있는 다른 메인디시는 농어였다.

대구처럼 농어 역시 흰 살 생선이었다.

누가 어떤 요리를 만들었는지는 아직 알 수 없지만 그만큼 두 명 모두 필사의 각오를 하고 이번 대결이 임하고 있다는 걸 알 수 있었다.

서현은 조심스럽게 농어 요리를 맛보기 시작했다.

그런데 농어만이 아니었다.

농어와 쫄깃한 오징어가 함께 곁들어져 있었다.

게다가 새콤달콤한 홀그레인 크림소스가 이 맛을 한결 더 배가시키고 있었다.

서현이 눈을 감았다. 머릿속에서 농어와 오징어가 춤추고 있는 것만 같았다.

송태준도 뒤늦게 농어 요리를 맛봤다. 그리고 그가 감탄을 토해냈다.

“와, 이거 엄청난데요?”

“어떠신데요?”

송태준이 머뭇거리며 입을 열었다.

“어, 그러니까…… 농어하고 오징어의 맛이 서로 어울리면서 또 대조되는 것 같아 독특해요. 거기에 이 홀그레인 크림소스 맞죠? 이게 되게 매콤하면서 또 달콤해서…… 맛이 특별한 것 같아요. 뭐랄까, 어, 젊은이들이 무척 좋아할 맛이네요.”

그때 유 피디가 그들을 보며 물었다.

“다들 어떻게 생각하세요? 누가 어떤 요리를 만들었는지 알 것 같으세요?”

“음, 이건 방송에 내보실 건가요?”

“그럼요. 이것만 따로 영상으로 따려고요. 다들 한번 걱정 말고 이야기해 보세요.”

세 사람이 고민에 잠겼다.

여태까지 맛본 걸 생각해 보면 아무래도 농어 요리가 상대적으로 젊은 층을 공략했다고 봐야 했다. 그렇게 보면 한수가 농어 요리를 만든 게 유력했다.

하지만 최근 들어 김경준 쉐프는 젊은 층을 공략해서 요리를 만든다고 들었다.

그걸 생각해 보면 김경준 쉐프가 농어 요리를 만든 것일지도 몰랐다.

"음……."

그때 조연출 한 명이 그들에게 메모지를 전달했다.

그들 모두 메모지에 각자 생각하는 이름을 적기 시작했다. 그리고 다 함께 메모지를 확인했다.

유 피디가 그들이 적어낸 메모지를 봤다.

만화가 김형석은 대구 요리가 김경준 쉐프, 농어 요리는 한수가 만들었다고 적어냈다.

서현도 똑같았다. 반면에 송태준만 정반대로 적어냈다.

만화가 김형석이 의아한 얼굴로 물었다.

"응? 태준 씨, 그렇게 생각한 이유가 있어요?"

"아, 그게…… 김경준 쉐프님이 요새 젊은 감성에 맞는 요리를 한다는 기사를 본 적이 있어서……."

그것도 잠시 서버가 걸어왔다. 그리고 그녀가 사실을 이야기했다. 그 말에 송태준의 얼굴이 썩은 것처럼 구겨졌다.

"……."

서현이 안쓰러운 얼굴로 그런 송태준을 바라봤다.

한편 출연자들이 간단하게 퀴즈쇼를 진행하고 있을 무렵 김경준 쉐프와 한수는 두 번째 메인디시를 만들고 있었다.

소고기를 이용해 메인디시를 만들려 하던 김경준 쉐프가 잠시 멈칫했다.

그리고 곰곰이 생각에 잠겨 있던 그가 뒤늦게 누군가를 떠올렸다.

'설마……'

잠시 동안 고민하던 김경준 쉐프가 한수를 보며 물었다.

"한수 씨, 뭐 하나만 물어봐도 될까요?"

"예, 뭐든 물어보세요."

"혹시 에드가 쉐프에 대해 알고 계세요?"

"……아, 예, 알고 있습니다."

김경준 쉐프가 고개를 끄덕였다.

"역시 예상대로군요."

에드가 쉐프.

그는 프랑스 파리에서 활약 중인 미슐랭 3스타 쉐프다.

최고의 쉐프 가운데 한 명으로 대단히 기술적이고 창의적이면서 맛도 훌륭한 요리를 만든다는 평이 자자하다.

프랑스 요리의 거장 중 한 명으로 김경준 쉐프가 평소 흠모해 온 쉐프이기도 했다.

실제로 김경준 쉐프는 에드가 쉐프가 파리에서 운영 중인 레스토랑에 찾아가서 요리를 먹어본 경험이 있었다.

그가 한수를 보며 물었다.

"에드가 쉐프하고는 어떤 사이시죠?"

"예?"

"방금 한수 씨가 만든 메인디시…… 에드가 쉐프의 시그니처 요리하고 흡사하더군요. 약간의 차이가 있긴 했지만, 순간 에드가 쉐프한테 사사받은 게 아닌가 하는 생각이 들었을 정도였습니다."

김경준 쉐프가 고개를 절레절레 저었다.

"물론 에드가 쉐프가 누구를 사사했다고 들은 적은 없었으니까…… 그걸 생각해 보면 에드가 쉐프한테 사사받은 건 아닐 테고. 정말 신기하군요. 가끔 한수 씨가 하는 요리를 볼 때면 이상한 생각이 들 때가 있습니다. 세계적으로 유명한 여러 쉐프들의 요리를 조합해서 내놓는 것 같은, 그런 생각이 들더군요."

한수는 날카로운 김경준 쉐프의 분석에 눈매를 좁혔다.

그의 말대로였다.

「퀴진 TV」를 완벽하게 마스터하고 그 채널을 확보했을 때 한수가 새롭게 얻은 능력은 다른 게 아니었다.

그것은 바로 레시피를 조합할 수 있는 힘이었다.

한수가 「퀴진 TV」로 본 수많은 쉐프의 요리들.

그 요리들을 조합해서 그들이 만든 요리보다 조합적으로 더 완벽한 요리를 만들 수 있게 된 것이었다. 그렇다 보니 한수가 만드는 요리는 하나하나 미슐랭 3스타 쉐프들이 구상해서 만든 요리였다.

즉 한수는 사실상 미슐랭 3스타 쉐프들이 만든 요리는 무엇이든 만들어낼 수 있다는 의미였다.

그것도 한두 가지 요리가 아니라 수백, 수천 가지 요리를 말이다.

"……한수 씨는 정말 무서운 사람이군요. 만약 제가 생각하는 그게 맞는다면 한수 씨는 텔레비전을 보는 것만으로 누군가가 만든 요리를 그대로 똑같이 만들어낼 수 있는 건가요?"

한수가 그 말에 순간 숨을 깊게 삼켰다. 처음으로 자신의 능력을 알아차린 사람이 나타났다.

한수가 놀란 건 그럴 만한 이유가 있어서였다.

그동안 한수가 이렇게 수많은 분야에서 뛰어난 모습을 보여줬을 때 대부분의 사람은 한수가 천재이기 때문에 가능한 일이라고 여겼다.

천재여서 여러 방면의 일을 두루두루 잘할 수 있다고 생각하는 경우가 많았다.

실제로 몇몇 출판사에서는 한수보고 책을 내자고 제안을 한 적도 있었다.

소설이나 시 같은 건 아니었다. 그들이 제안한 건 자기계발서였다.

한수에게 어떻게 하면 수학능력시험 만점이 가능한지 혹은 어떻게 해야 천재가 될 수 있는지 그런 내용의 자기계발서를 만들어서 내자고 했다.

한수가 EBS에서 새로 편찬한 수험서 광고 모델이 되었을 때의 이야기였다.

당시 몇몇 출판사에서는 적지 않은 돈을 제시했다.

한수 입장에서도 정말 많은 돈이었다.

연예인을 준비하느라 정작 과외도 못 하고 아르바이트도 못 하고 그때만 해도 지갑 사정이 여러모로 좋지 않았다.

그랬기 때문에 한수 입장에서 그들의 제안은 가뭄에 내리는 단비 같았다.

하지만 한수는 그들의 제안을 단칼에 거절했다.

한수가 그 제안을 거절한 건 애초에 한수는 천재가 아니었기 때문이다.

그의 능력은 채널 마스터에 기반을 두고 있었다.

채널 마스터가 없으면 어떻게 될지 알 수 없는 일이었다.

실제로 한수는 종종 채널 마스터 능력이 갑자기 사라지면 어떻게 될지 걱정하곤 했다.

만약 그동안 자신이 익히고 배운 게 모두 무효가 되어버린다면?

그것만큼 끔찍한 일은 없을 터였다.

실제로 그런 생각 때문에 악몽을 꾼 적도 몇 번 있었다.

어느 날 갑자기 깨어나 보니 채널 마스터의 모든 능력이 사라져 버린, 그런 꿈이었다.

물론 그게 꿈인 걸 알고 난 뒤 한수는 한 시름을 덜 수 있었지만 그래도 종종 걱정이 되는 건 어쩔 수 없는 일이었다.

그렇다 보니 시간이 나는 대로 채널 마스터의 능력이 어떻게 생긴 건지 그리고 또 이 텔레비전에 무슨 특별한 힘이 있는 건지 틈틈이 알아보려 했다.

그러나 정작 그에 관한 정보는 찾기 힘들었다.

일단 한수도 이 사실이 밝혀지면 안 되는 만큼 최대한 정보를 숨기다 보니 제대로 된 정보를 구할 수가 없던 셈이다.

어쨌든 오늘 김경준 쉐프가 한수에게 물은 질문은 한수 입장에서는 꽤 민감할 수밖에 없는 이야기였다.

어쨌거나 지금 김경준 쉐프가 질문한 건 한수보고 천재냐고 물은 게 아니라 텔레비전을 보는 것만으로 누군가가 만든 요리를 그대로 똑같이 만든 것이냐고 물은 것이었으니까.
한수는 애써 침착하려 애쓰며 김경준 쉐프를 바라봤다.
그리고 그가 입을 열려 할 때였다. 김경준 쉐프가 머쓱한 얼굴로 웃으며 말했다.
"표정이 왜 그렇게 핼쑥해요? 농담한 거예요."
"예?"
"촬영하러 파리에 갔다가 에드가 쉐프의 요리를 맛본 적이 있나 봐요?"
"예?"
한수가 연거푸 되물었다.
김경준 쉐프가 웃으며 물었다.
"한수 씨는 예상했던 대로 절대 미각을 갖고 있나 보네요."
"……에, 그게."
"아닌 척해도 소용없어요. 그렇지 않고서야 한 번 먹은 요리를 이렇게 비슷하게 만들어낸다는 건 불가능한 일이잖아요. 안 그래요?"
"하하."
결국 한수는 머쓱한 얼굴로 웃어 보일 수밖에 없었다.
딱히 할 말이 없었다.
그것을 긍정적인 의미로 받아들인 김경준 쉐프가 한수를 보며 이것저것 질문을 하기 시작했다.

"음식을 맛볼 때마다 어떤 생각이에요? 이 요리는 어떤 재료로 이루어져 있구나, 무슨 그런 생각이 들어요?"

"예? 그게, 그러니까…… 일단 맛있다는 생각이 가장 먼저 들죠. 그리고 어떤 재료로 이루어져 있는지는 사실 그렇게 선명하게 와닿지는 않은데."

"응? 절대 미각이면 그 정도는 할 수 있는 거 아니에요? 아, 제가 만든 시그니처 요리인 수비드 꼬숑도 그런 방법으로 만든 거예요? 몇 도에 얼마나 숙성시킨 건지 딱 짐작할 수 있던가요?"

"그건 저, 텔레비전에서 보고……."

"한수 씨가 여태 먹어본 요리 중 제일 맛있던 요리는 뭐였죠?"

"그, 글쎄요. 하하. 하도 많아서……."

불편한 시간이었다. 차라리 이럴 바에는 요리를 했으면 할 정도였다.

그 정도로 김경준 쉐프는 그동안 쌓아둔 게 많기라도 한 듯 이것저것 꼬치꼬치 캐묻고 있었다.

처음에는 하나둘 대답하던 한수도 점점 계속되는 그의 질문에 결국 자리를 벗어났다.

절대 미각.

「퀴진 TV」의 경험치가 50% 쌓였을 때 확보하긴 했다.

물론 완벽한 절대 미각은 아니다.

절대 미각을 완벽하게 만들기 위해서는 더 다양한 요리를 먹어야만 했다.

그것이 숙련도를 올릴 수 있는 유일한 조건이었다.

그런 탓에 실제로 한수는 보다 더 다양한 요리를 스스로 해서 먹거나 맛보고 있었다.

집에서 요리를 하기 귀찮아하는데도 불구하고 종종 요리를 하는 건 그런 이유에서였다.

"저 쉐프님, 슬슬 메인디시 준비하러 가볼게요."

"한수 씨가 준비하기로 한 게 양갈비였죠?"

"예, 맞습니다."

"그거 일부러 그렇게 선정한 거예요?"

"예?"

"우리 레스토랑 코스 요리 구성이 그렇거든요. 생선은 농어, 고기는 양갈비. 노리고 만든 거 같아서요."

"워낙 김경준 쉐프님 요리가 훌륭하다 보니까 자연스럽게 쫓아가게 됐네요."

"하하, 그럼 요리 시작해 보죠."

"예."

한수와 김경준 쉐프가 열띤 토론 이후 각자 맡은 메인디시를 요리하기 시작했다.

한수는 한때 김경준 쉐프가 「퀴진 TV」에 나와서 선보였던 양갈비 구이를 만들기로 했다.

처음 접한 요리였고 그런 만큼 기억 속에 가장 많이 남아 있었다.

김경준 쉐프의 레스토랑 말고 양갈비를 잘한다고 소문이 난 몇몇 가게를 찾아가서 양갈비를 맛봤지만, 김경준 쉐프의 요리에 비할 바는 아니었다.

그렇게 한수가 정성스럽게 양갈비를 조리하는 동안 김경준 쉐프도 야심 차게 준비한 메인디시를 만들기 시작했다.

그가 메인디시로 준비한 건 소고기였다.

대부분의 레스토랑에서 가장 많이 쓰이는 재료로 어떻게 만들든 기본 이상은 충분히 해줄 수 있는 음식이기도 했다.

그렇게 두 사람이 속도를 높여 조리를 하기 시작했다.

어느덧 입에 저절로 군침이 돌게 하는 맛있는 냄새가 한가득 퍼져 나왔다.

촬영 중이던 감독들도 여러 차례 침을 삼킬 만큼 두 사람이 만들어낸 메인디시는 과연 명불허전이었다.

오디오 감독이 계속해서 눈살을 찌푸릴 정도로 제작진이 계속해서 내는 군침 삼키는 소리가 유독 크게 들릴 정도였다.

그러는 동안 한수가 먼저 메인디시를 완성했다.

프렌치랙으로 정성스럽게 구운 양갈비였다.

양갈비 중에서도 최고급 부위로 적당한 마블링에 담백한 맛, 부드러운 식감으로 사랑받는 부위이기도 했다.

그런 뒤 한수는 접시에 올린 양갈비 옆에 가니쉬를 곁들이기 시작했다.

아삭한 아스파라거스와 파슬리를 곁들인 감자소테 그리고 상큼한 비네거 소스를 옆에 따로 곁들었다.

"……놀랍군요."

김경준 쉐프가 혀를 내둘렀다.

이것은 자신이 지금도 종종 애용했던 메인디시였다.

바질 페스토가 빠진 걸 빼면 자신이 종종 애용하는 바로 그 마리아쥬였다.

"이렇게 가니쉬를 고른 이유가 따로 있습니까?"

"그동안 여러 차례 고민을 해봤는데요. 김경준 쉐프님의 이 구성을 넘어설 다른 구성은 없더라고요. 맛과 조화를 모두 만족시키는 최고의 궁합이 아닌가 생각돼서요. 그래서 한번 흉내 내봤습니다."

"……흉내라뇨. 한번 먹어 봐도 될까요?"

"물론이죠. 그건 김경준 쉐프님을 위해 미리 만든 겁니다."

김경준 쉐프가 웃으며 양갈비를 나이프로 한 덩이 잘랐다.

그런 다음 그는 소스 없이 양갈비 그 자체만 입에 넣었다.

부드럽고 고소한 맛이 나는 양갈비가 그대로 혀를 타고 미끄러지듯 흘러내렸다.

분명히 몇 번 씹지 않았는데도 불구하고 자신이 먹은 양갈비는 매끄럽게 위장 속으로 빨려 들어간 상태였다.

그는 가만히 그 맛을 음미했다. 양갈비에 뿌려져 있던 하얀색 알갱이는 암염이었다. 그리고 그가 즐겨 쓰는 안데스 암염이었다.

그는 참지 않고 다른 가니쉬도 함께 먹기 시작했다. 그렇게 김경준 쉐프는 순식간에 한수가 만든 메인디시를 단숨에 비워냈다.

어느새 배가 찼다. 김경준 쉐프가 멋쩍게 웃었다.

"이거 요리하려고 나온 건데…… 먹으러 나온 셈이 되어버렸네요."

유 피디가 고개를 저으며 말했다.

"아닙니다. 김경준 쉐프님 모습 보기 좋습니다. 그렇게만 해주시면 됩니다. 어차피 예능이니까 크게 걱정하지 않으셔도 됩니다."

유 피디가 해맑게 웃었다. 어디까지나 「무엇이든 만들어드려요」는 예능 프로그램이었다.

유 피디는 이 프로그램을 다큐멘터리로 만들 생각은 전혀 없었다.

만약 그가 요리품평회를 열 생각이었다면 아예 프로그램 제목부터 바꿨을 것이다. 그리고 연예인이 아닌 미식가들만 모아서 프로그램을 촬영했을 것이다.

그런데 그렇게 하지 않은 것은 예능 중심으로 프로그램을 촬영하고자 했기 때문이다.

어디까지나 이번 시즌2는 한수나 다른 쉐프들의 요리를 보여주고 그 요리에 대한 평을 듣는 데 그 목적이 있었다.

한수에게는 도장 깨기라고 말하긴 했지만 실제로 그런 목적을 갖고 촬영하려 했다면 그 어떤 쉐프도 촬영을 선뜻 허락하지 않았을 것이다.

지금 한수는 요식업계에서도 인정하고 있는 커다란 돌풍이었고 그의 요리 실력은 추정 불가능에, 절대 미각을 가진 게 아니냐 하는 의혹이 여러 차례 제기됐기 때문이다.

"다행이군요. 그런데 유 피디님, 진짜 한 가지만 이야기 드리겠습니다."

"예?"

"정말 섭외 잘하신 겁니다. 만약 한수 씨가 아니라 다른 사람이었으면 이렇게 요리를 잘할 수 있었을까요? 저는 절대 아니라고 봅니다."

"그럼요. 당연하죠. 제가 왜 한수 씨한테 매달렸는데요. 한수 씨 말고는 이 컨셉을 소화해 줄 수 있는 분이 전혀 없어서였어요."

"절대 놓치지 마세요. 황 피디님도 놓쳤다가 얼마나 후회하고 계십니까? 실제로 양 피디님도 가끔 하늘을 바라보며 한숨만 푹푹 내쉴 때가 적지 않으세요."

"양 피디님이면……「쉐프의 비법」 피디님 말씀하시는 거죠?"

"예, 일 년만 뛰고 무조건 귀국하는 건 줄 알았으면 그전에 미리 「쉐프의 비법」이 폐지되기 전까지 무조건 출연해야 한다는 각서에 도장을 찍게 했을 거라고 하더군요. 하하."

양 피디는 충분히 그럴 수 있는 사람이었다.

두 사람이 만든 메인디시가 테이블로 향했다.

한수가 만든 양갈비 구이.

김경준 쉐프가 만든 한우 안심 스테이크.

두 가지 모두 색다른 매력을 지니고 있는 요리였다.

그것을 본 송태준이 눈에 불을 켰다.

그는 과거에 「쉐프의 비법」을 촬영하고 나서 김경준 쉐프가 서래마을에서 운영하고 있는 바로 이 레스토랑을 혼자서 찾아온 적이 있었다.

그때 송태준은 김경준 쉐프의 요리도 맛본 적 있었다. 디너 코스였는데 구성이 농어와 양갈비였던 것으로 여전히 기억하고 있었다.

'근데 아까 농어는 강한수 씨가 내오지 않았던가? 설마 양갈비도 강한수 씨가 만든 건가?'

송태준이 갈팡질팡하고 있을 때 다른 두 명은 우선 양갈비부터 맛보기 시작했다.

그리고 그들 모두 가볍게 탄성을 토해냈다.

"와, 진짜 맛있네요. 부드럽게 녹는 게 진짜…… 완전 제대로인데요?"

"그러게요. 이런 양갈비는 정말 처음 먹어보는 거 같아요."

"먹어도, 먹어도 또 먹고 싶어지는 맛이네요. 김경준 쉐프님 코스 요리 구성이 보통 농어하고 양갈비라고 하던데 이 양갈비는 김경준 쉐프님이 만든 거 같지 않아요?"

서현이 곰곰이 생각하다가 고개를 갸웃거렸다.

"글쎄요. 일단 이 스테이크도 먹어 봐야 알 것 같아요."

"음, 저도 딱 그 생각 중이었습니다."

그리고 스테이크도 맛본 두 사람 표정이 묘해졌다.

"이거…… 어렵네요."

"그러게요. 진짜 어려워요. 둘 다 정말 맛있어서…… 우열을 가릴 수가 없네요."

"음, 그래도 전 정했습니다."

"저도요."

그리고 두 사람은 메모장에 자신 있게 이름을 써내려가기 시작했다.

그때 송태준도 뒤늦게 양갈비를 맛보았다. 그리고 그는 그대로 확신을 가진 채 메모장에 이름을 적어 내려갔다.

김형석이 당혹스러운 얼굴로 말했다.

"스테이크는 맛 안 보셔도 돼요?'

"예, 그럼요. 이게 확실합니다."

그러나 이번에도 정답이 갈렸다.

김형석과 김서현은 스테이크를 김경준 쉐프가 만든 요리라고 적은 것에 반해 송태준은 그 반대로 적어낸 것이었다.

송태준이 인상을 구겼다. 그가 혼잣말로 중얼거렸다.

"이건 분명히 김경준 쉐프님 요리가 맞는데……."

리허설이 모두 끝났다.

런치 시간이 지나고 브레이킹 타임이 되었다.

그동안 김경준 쉐프 밑에서 일하는 수습생들이 주방을 치우고 남은 재료를 정리하고 설거지를 하는 등 부산하게 움직이기 시작했다.

그러는 사이 출연자와 판정단이 모두 한자리에 모였다.
송태준의 얼굴은 벌게져 있었다.
김경준 쉐프가 송태준을 보며 말했다.
"태준 씨, 괜찮습니다. 하하, 그만큼 한수 씨 요리가 맛이 있으셨나 보죠."
"예? 아, 아닙니다. 저는 예전부터 김경준 쉐프님 팬이었습니다."
"정말요? 하하, 감사합니다. 유명 배우이신 송태준 씨가 제 팬이셨다고 하니 영광입니다. 오늘 제가 깔끔하게 한수 씨한테 졌지만 그래도 저는 후련합니다. 진짜 절대 미각이 뭔지 다시 한번 느끼게 됐으니까요."
갑작스러운 김경준 쉐프의 말에 다들 고개를 갸웃거렸다.
"절대 미각이요?"
"그런 건 만화에서나 나오는 능력 아닌가요?"
사람들이 의문을 토해냈다. 김경준 쉐프가 고개를 저었다.
"대부분 그렇게 생각하고 있긴 하지만 한수 씨는 진짜입니다. 그렇지 않고서는 에드가 쉐프의 요리를 완벽하게 재현해내는 건 불가능한 일이거든요."
"에드가…… 그게 누구죠?"
"프랑스 파리에 레스토랑을 갖고 있는 미슐랭 3스타 쉐프입니다. 아까 전 한수 씨가 만든 메인디시 중 농어 요리가 바로 그 에드가 쉐프의 시그니처 요리였어요."

"그러니까 지금 김경준 쉐프님 말은 한수가 미슐랭 3스타 쉐프만큼 요리를 잘한다는 건가요?"

"예, 맞아요. 실제로 한수 씨는 그 정도로 요리를 잘해요."

"대박."

서현이 눈을 동그랗게 떴다. 그것은 제작진도 마찬가지였다.

그들도 김경준 쉐프가 이렇게 한수를 인정하는 발언을 할 줄은 몰랐기 때문이다. 하지만 아까 전 한수가 만든 농어 요리를 맛본 뒤 김경준 쉐프는 한수에게 푹 빠져 있었다.

지금이라도 한수가 쉐프가 되고자 한다면 어떻게 해서든 그를 자신 레스토랑의 수 쉐프(Sous Chef)로 데려오고자 했을지도 모른다.

'데려오려 했어도 오지 않았겠지만…….'

김경준 쉐프도 알고 있다.

홍콩과 마카오 전역에서 막대한 부로 이름 높은 로렌스 왕이 「무엇이든 만들어드려요」 시즌1 때 한수에게 스카웃 제의를 한 건 이미 사람들 사이에 파다하게 알려져 있다.

로렌스 왕뿐이랴. 아랍에미리트 아부다비의 왕자 만수르도 한수에게 쉐프 자리를 제안한 것으로 들었다.

거기에 소문에는 모나코의 국왕도 사로잡았다는 이야기가

있었다.

세계 곳곳에서 그를 향한 러브콜은 무진장 뜨겁다.

자신이 러브콜을 했다고 해서 한수가 받아들였을 가능성은 0에 수렴한다.

그래도 탐이 났다.

그 정도로 한수는 어떤 쉐프라 해도 탐을 낼 수밖에 없는, 그 정도로 특별한 사람이었다.

그때 마음을 진정시키던 유 피디가 입가에 희미한 미소를 그렸다.

국내에서는 프랑스 요리 1세대 요리사로 잘 알려져 있으며 르 꼬르동 블루를 수석으로 졸업했고 10년 넘게 이곳 서래마을에서 프랑스 요리를 팔며 미슐랭 2스타를 받은 세계적인 요리사 김경준 쉐프가 자존심을 꺾고 한 말이다.

최소한 그를 존경하고 있는 쉐프들이라면 김경준 쉐프가 한 말을 무시하지 않을 게 분명했다.

그때 유 피디가 말을 꺼냈다.

"일단 리허설은 잘 끝냈어요. 리허설처럼만 해주시면 될 거 같아요. 정식 촬영은 디너 코스 때 진행할 예정이에요. 단 두 분께서는 코스를 모두 바꿔주셔야만 해요. 우리는 바뀐 코스를 중심으로 평가에 들어갈 생각이에요. 두 분 모두 가능하시겠죠?"

두 사람 모두 어중간한 뜨내기가 아니다.

한수는 말할 것도 없고 김경준 쉐프 역시 국내에서 프랑스 요리로 세 손가락 안에 손꼽히는 명장이다.

아뮤즈 부쉬, 에피타이저, 메인디시 2종류 그리고 디저트까지.

이들은 모두 다섯 종류의 코스 요리를 준비해야만 했다.

그때 유 피디가 입을 열었다.

"촬영을 하기 전 여러분께 미리 말씀드려야 할 게 있어요."

"그게 뭔가요?"

"우리는 방송 촬영을 하기 전부터 인터넷을 통해 사연을 받고 있었습니다."

"네? 사연이요?"

"예, 프로그램 취지를 설명하고 어떤 식으로 촬영이 될지 간략하게 언급했습니다. 그리고 사연을 보내주신 분들을 분류해 놓은 다음 촬영하기만을 기다리고 있었죠."

"그렇다면……."

"예, 특별한 손님들이 오실 거예요. 그분들을 위해 그분들이 원하는 요리를 만들어주시면 됩니다. 그리고 그 요리는 지금 공개하겠습니다."

한수와 김경준 쉐프 모두 멋쩍게 웃었다.

김경준 쉐프가 잠시 기다려달라고 말한 뒤 유 피디를 보며 물었다.

"유 피디님, 한수 씨는 뭐든 잘 만드니까 상관없지만 저는 프랑스 요리 전공입니다. 혹시 중식을 만들어달라거나 일식으로 만들어달라고 하면…… 저는 포기할 수밖에 없습니다."

"예, 물론이죠. 첫 사연으로 선택된 분들은 프랑스 요리를 신청해 주셨어요."

"음, 프랑스 요리……."

"그분들이 만든 요리를 에피타이저든 메인이든 디저트든 코스 요리에 넣어주시기만 하면 됩니다."

"어려운 문제군요."

김경준 쉐프가 눈매를 좁혔다. 정말 어려운 문제다.

코스 요리는 조화를 이루어야 한다. 서로 제각각 노는 요리들이라면 그건 코스 요리라고 부를 수 없다.

그런 만큼 김경준 쉐프 입장에서는 어떤 식으로 구성을 짜야 할지 그 점이 가장 고민이 될 수밖에 없었다.

반면에 한수는 별다른 어려움을 느끼지 않고 있었다.

그에게는 레시피를 마음대로 조합할 수 있는 능력이 있었다. 그 능력을 이용한다면 최고의 구성을 찾는 건 어려운 일이 아니었다.

그때 유 피디가 입을 열었다.

"첫 번째 손님들이 의뢰한 요리는 이것입니다."

"……흐음."

"그렇군요."

그리고 두 사람 모두 신중한 얼굴로 생각에 잠기기 시작했다.

판정단이 머리를 맞대고 앉았다.

이번 요리를 판정하는 주체는 모두 다섯이다. 판정단 넷과 이번 요리를 의뢰한 손님 하나.

그만큼 그들의 의견이 중요할 수밖에 없다. 물론 판정단보다 요리를 의뢰한 손님의 의견이 조금 더 비중을 더 갖긴 하겠지만 이들의 의견 역시 중요한 게 사실이다.

송태준이 신중한 얼굴로 입을 열었다.

"확실히 아이답긴 해요. 그렇게 만들어달라고 할 줄은 생각지도 못했어요."

"오빠, 그래도 아이다운 발상이지 않아요?"

"그건 그렇긴 한데…… 애니메이션에 나오는 요리를 어떻게 똑같이 따라 만들어? 그게 말이 돼?"

"그래도 한수는 만들 수 있을 거라고 믿어요."

"……음, 그럴까? 김경준 쉐프님도 이건 어렵지 않을까 싶은데."

갑론을박이 오고 가는 가운데 장희연이 빨간 입술을 떼었다.

"기다려 보면 알 수 있겠죠. 안 그런가요?"

"……에, 그건 그렇지만."

"그래도 이렇게 토론하는 재미가 있고."

"저는 쉐프님 두 분을 믿어요. 그 요리가 딱히 난이도 높은 요리는 아니니까요. 다만 애니메이션에 나오는 요리 그대로 재현해 달라는 건 조금 어려운 일일 수도 있겠지만요."

장희연이 묘한 웃음을 그렸다.

의뢰인은 성인이 아니었다.

이제 막 여섯 살이 된 꼬마 숙녀였다. 그리고 그녀가 의뢰한 요리는 라따뚜이(Ratatouille)였다. 또, 그 꼬마 숙녀가 본 애니메이션 영화는 동명의 영화였다.

생쥐 요리사가 견습생을 도와서 요리를 하게 되는 내용으로 전 세계적으로 엄청난 히트를 기록한 영화이기도 했다.

장희연이 혼잣말로 중얼거렸다.

"쉐프 두 분이 지금 무슨 생각을 하고 있을지 엄청 궁금하네요."

장희연 말마따나 쉐프 두 명 모두 골머리를 앓고 있었다.

김경준 쉐프가 한숨을 길게 내쉬었다.

"라따뚜이, 만들긴 쉬운데…… 그 아이의 입맛에 맞을지가 걱정이니……."

라따뚜이는 정말 만들기 쉬운 요리다.

그런 만큼 「누구나 요리할 수 있다.(Anyone can cook.)」라는 라따뚜이의 주제하고도 연관성을 가진다고 이야기할 수 있다.

문제는 이 요리를 의뢰한 6세 꼬마 숙녀의 의뢰를 어떻게 수행하느냐가 관건이었다.

한수도 김경준 쉐프 못지않게 고민 중이었다.

한수는 이미 채널의 다양한 카테고리 가운데 「애니메이션」을 확보 중에 있었다. 그리고 「애니메이션」 중에는 당연히 「라따뚜이」 또한 포함되어 있었다.

한수는 곰곰이 생각을 거듭했다. 라따뚜이는 애니메이션 영화다.

그런데 여섯 살 꼬마 아이가 그 맛을 알 리는 없다. 실제로 먹어본 맛은 아니기 때문이다.

그런 만큼 차라리 이건 플레이팅에서 승부를 보는 게 맞았다.

영화 속 라따뚜이의 모습과 똑같은 모습을 재현해 내기만 한다면 절반은 먹고 들어갈 터였다.

그렇게 두 사람은 각각 전략을 세우기 시작했다. 의뢰인 가족이 이곳 레스토랑에 도착하기까지는 얼마 남지 않은 상황이었다.

서둘러 준비를 할 필요가 있었다.

두 사람이 동시에 요리에 들어갔다.

제일 먼저 아뮤즈 부쉬부터 요리에 들어갔다.

오늘 요리를 맛볼 가장 중요한 손님은 어린 여아였다.

두 사람 모두 그에 초점을 맞췄다.

어린아이가 좋아할 법한 요리로 아뮤즈 부쉬를 하나하나 완성시키기 시작했다.

그렇게 아뮤즈 부쉬를 완성시킨 뒤 그들은 재차 에피타이저를 요리하기 시작했다.

두 사람 모두 에피타이저로 라따뚜이를 선택했다. 라따뚜이는 그렇게 만들기 어려운 요리는 아니었다.

문제는 얼마나 맛을 끌어내고 또 플레이팅에서 우위를 점하느냐에 있었다.

영화 속 레미가 만들었던 라따뚜이와 흡사하면 흡사할수록 좋은 평가를 얻어낼 건 자명한 사실이었다.

그러는 동안 두 사람이 만든 아뮤즈 부쉬가 속속 테이블에 놓이기 시작했다.

판정단은 이미 요리를 맛볼 준비를 하고 있었다.

그리고 오늘 요리를 의뢰한 손님들도 한쪽 테이블을 차지한 상태였다.

점심은 거른 채 디너 세트만 먹게 된 장희연은 두 사람이 만든 아뮤즈 부쉬를 차례차례 맛보며 감탄사를 연발했다.

누가 우위라고 할 것 없이 두 사람의 요리는 이미 경지에 올라 있었다.

여섯 살 소녀 역시 연신 두 눈을 동그랗게 뜨고 있었다.

그녀는 두 쉐프가 정말 열심히 만든 아뮤즈 부쉬가 엄청 예쁘장하게 보이는 모양이었다.

그녀의 부모 역시 놀라움을 감추지 못하고 있었다.

이제 대망의 요리인 에피타이저가 나오길 기다리는 사이 서현과 장희연, 두 사람이 화장을 고치기 위해 화장실로 잠깐 자리를 옮겼다.

화장을 고치는 도중 서현이 장희연을 보며 물었다.

"선배님, 오늘 요리 어떠세요?"

"어떻긴. 두 분 모두 대단하지. 김경준 쉐프님이야 원래 요리 잘하는 건 알고 있었지만 한수 씨도 대단하네. 그때부터 어느 정도 짐작은 했는데 진짜 괜히 요식업계는 물론 미식업계에서 주목하는 게 아닌 거 같네."

"네? 미식업계에서도 한수를 주목하고 있어요?"

"그럼. 한수 씨가 절대 미각을 갖고 있다는 이야기가 돌면서 부쩍 관심이 많아졌지."

장희연은 미식가였다. 그것도 꽤 이름이 있는 미식가였다.

당연히 업계 사정을 누구보다 잘 알고 있었다.

"아마 이 프로그램이 방송을 타게 되면 더욱더 한수 씨를 회유하고자 하는 움직임이 많아질 거야."

"정말요?"

"그럼. 너도 지금 보고 있잖니. 아마 요식업계나 미식업계만이 아닐 거야."

"그러면요?"

"축구든 노래든 이제…… 연기든. 어딜 가도 한수 씨를 찾는 사람들이 많아지겠지."

"그 정도예요?"

"그럼. 상하이라고 했던가? 그 팀에서 한수 씨를 영입하려고 제시한 돈을 생각해 보렴. 아마 다른 곳에서도 비일비재할 거야."

"……너무 멀어지는 느낌이에요."

서현이 한숨을 내쉬었다.

얼마 전까지만 해도 지연이 유일한 경쟁자라고 생각했다.

그런데 만수르 왕자의 여름휴가에 갔다가 비키니를 입은 슈퍼 모델들과 파티를 즐겼다는 말에 서현은 며칠 동안 시무룩할 수밖에 없었다.

한수가 너무나도 멀게 느껴졌기 때문이다.

그리고 오늘 희연이 하는 말에 더욱더 자존감이 떨어지려

하고 있었다.

그때 장희연이 웃으며 말했다.

"그러니까 이번 오디션 잘해봐."

서현은 그 말에 눈을 동그랗게 뜨며 물었다.

"어, 어떻게…… 아셨어요?"

그때였다.

두 사람이 만든 에피타이저 라따뚜이가 주방을 나와 홀로 들어오기 시작했다.

그들은 자신의 앞에 놓인 라따뚜이를 보며 감탄을 금치 못했다.

두 사람이 만든 라따뚜이는 모양 면에서 거의 흡사했다.

물론 한수가 만든 요리가 애니메이션 「라따뚜이」에 나온 라따뚜이와 상대적으로 더 많이 닮아 있었다.

그들은 포크를 들어 라따뚜이를 맛보기 시작했다.

맛도 놀라울 정도로 비슷했다.

"두 분이서 같이 요리를 만드신 건 아니겠죠?"

"그럴 리가요. 근데 진짜 놀랍네요."

두 사람이 만든 라따뚜이는 누가 우위라고 할 게 없었다.

용호상박이라는 말이 어울릴 만큼 완벽했다.

그들은 슬며시 이번 판정을 결정지어야 할 여섯 살 소녀를 바라봤다. 그녀는 한수가 만든 라따뚜이를 조금 먹은 뒤 김경준 쉐프가 만든 라따뚜이도 번갈아 먹으며 맛을 비교하고 있었다.

그것도 잠시 그녀가 침울한 표정이 되었다.

아무래도 선택을 내리는데 고민이 너무 많이 되는 모양이었다.

그 이후 메인 디쉬와 디저트가 연달아 나왔다. 그리고 선택을 내려야 하는 시간이 되었다.

한수와 김경준 쉐프가 홀로 나왔다.

그들은 싹 비워진 접시를 보며 입가에 미소를 그렸다.

일단 비우지 않고 모든 요리를 전부 다 맛있게 먹었다는 점에서 두 사람 모두 만족하고 있었다.

만화가 김형석이 MC 역할을 대신했다.

그가 이번에 초대된 손님들을 보며 물었다.

"어떻게 하다가 의뢰를 하게 됐나요?"

소녀의 아버지가 말했다.

"우리 딸이 어렸을 때부터 몸이 아파서 늘 병원에만 있었어요. 그런데 맞벌이 부부다 보니까 딸아이를 제대로 돌볼 시간이 없었죠. 그래서 친정어머니께서 주로 딸아이를 돌봐주셨는데 늘 애니메이션을 틀어주셨다고 하더라고요."

"아……."

어느 정도 그들의 사정은 들어 알고 있던 두 사람이다.

하지만 이렇게 직접 말하는 걸 듣고 있으니 가슴이 찡하게 울리는 것 같았다.

"그러다가 딸아이가 라따뚜이라는 애니메이션을 보게 됐는데 그 애니메이션이 정말 재미있었다고 하더군요. 우리 딸아이 장래희망이 두 분처럼 멋있고 요리 잘하는 쉐프거든요."

김경준 쉐프가 그 말에 흐뭇하게 웃어 보였다.

"그런가요?"

"예, 그러다가 저번 달 우연찮은 기회에 아는 사람이 이런 프로그램이 있다고 소개해 줘서 신청하게 됐습니다. 우리 딸아이가 라따뚜이를 꼭 먹어보고 싶다고 저한테 졸라댔는데 저는 요리는 전혀 할 줄 몰라서…… 그래서 주말에 몇몇 프렌치 레스토랑에 데려가서 먹이곤 했는데 그럴 때마다 딸아이는 자신이 생각하던 맛과 전혀 다르다고 실망하기만 하더군요."

한수가 환하게 웃으며 말했다.

"그래서 신청하신 거군요. 그럼 우리 심사위원님의 의견을 한번 여쭤 봐도 될까요?"

"아, 그러세요. 예림아, 이분이 묻고 싶은 게 있다는데 대답할 수 있지?"

"……엄마, 아빠. 하나를 꼭 골라야 해요?"

"음, 그렇단다. 중요한 일인 만큼 네가 가장 생각했던 요리와 가장 닮았다고 생각하는 요리를 고르면 된단다."

그녀는 고민하는 기색이 역력했다.

아무래도 두 요리 모두 그녀가 머릿속으로 상상했던 요리와 무척 흡사했던 모양이었다.

그리고 그녀의 고민이 계속되었다.

그때 유 피디로부터 마이크를 통해 이야기를 전달받은 김경준 쉐프가 판정단 네 명을 보며 말했다.

"우리 예림이가 계속 고민 중인데 네 분께서 예림이가 선택을 내리는 데 도움을 주시면 어떨까요?"

판정단이 역할을 할 때가 되었다. 제일 먼저 송태준이 입을 열었다.

"저는 이쪽 라따뚜이가 더 맛있었다고 생각합니다. 오랜 시간 프랑스에서 살면서 요리를 배운 김경준 쉐프님께서 보다 현지에 어울리는 요리를 만들어내시지 않았나 생각합니다. 다만 전체적인 코스의 궁합은 한수 씨가 만든 요리가 더 나았던 거 같습니다."

송태준의 의견은 전체적인 요리는 한수가 더 나았지만 라따뚜이 하나만큼은 김경준 쉐프가 훌륭했다는 것이었다. 그 의미인즉슨 이번 대결의 승자는 김경준 쉐프라는 뜻이었다.

만화가 김형석도 비슷한 의견을 내놓았다.

두 사람의 의견이 모아졌다. 반면에 희연이나 서현의 생각은 조금 달랐다.

두 사람은 한수의 요리가 훨씬 더 애니메이션에 나오는 라따뚜이와 닮았다고 평가를 내렸다.

실제로 두 사람은 애니메이션 「라따뚜이」를 틀어서 직접 그 장면을 보여주며 한수의 요리와 비교를 하기까지 했다.

그렇게 판정단이 티격태격 다투는 사이 여자아이가 결론을 내렸다. 그리고 그녀가 고른 건 바로 한수의 요리였다.

서현과 희연, 두 사람이 보여준 애니메이션 속 라따뚜이의 모습이 한수가 만들어낸 것과 똑같이 닮아 있었기 때문이다.

맛도 맛이지만 플레이팅을 유독 신경 쓴 한수의 승리였다.

1회 차 촬영이 끝이 났다.

김경준 쉐프가 한수를 향해 손을 내밀었다.

"오늘 정말 즐거웠어요. 다음번에 또 봅시다. 언제든지 놀러오면 근사하게 대접할 테니 자주 봤으면 좋겠군요."

김경준 쉐프의 화사한 미소에 한수도 웃으며 말했다.

"예, 언제든지 제가 필요하면 연락 주십시오."

"하하, 자주 연락드리겠습니다."

촬영이 끝난 뒤 두 사람은 이번 1회 차 촬영의 메인 게스트였던 어린 소녀하고도 기념사진을 찍었다.

백혈병을 앓고 있다고 하는 그녀는 힘들 텐데도 불구하고 꿋꿋하게 병을 이겨내고 있었다.

한수는 부모님 손을 붙잡은 채 환하게 웃는 아이를 보며 발걸음을 돌렸다.

이럴수록 채널 마스터의 능력이 2% 아쉬웠다.

만약 기적을 만들어낼 수 있는 힘이 있다면. 그래서 저렇게 아픈 아이들을 돌볼 수 있게 해준다면 얼마나 좋을까.

그런 생각이 들었다.

채널 마스터의 채널 중에는 「메디컬 TV」도 존재한다.

그러나 전문지식을 익힐 수 있는 건 아니다.

어디까지나 의학의 기본적인 지식을 알려주는 데 그치고 있다.

채널 마스터를 통해 정말 무궁무진한 능력을 다양하게 배웠지만, 의학기술만큼은 여전히 배우지 못하고 있는 게 그런 이유에서다.

게다가 한수는 의사가 아니기 때문에 설령 의학을 안다고 해도 누군가를 진료하는 건 불가능했다.

그래도 아쉬움이 남았다.

유독 씩씩하게 웃던 예림이의 얼굴이 기억에 남아 있었다.

그때 그런 한수에게 서현이 다가왔다.

"괜찮아?"

"응? 아, 응. 괜찮아."

"예림이 때문에 그래? 걱정 마. 씩씩하게 이겨낼 거야. 진짜 되게 참을성도 많고 힘든 내색도 전혀 안 하더라."

서현 말에 한수가 힘겨운 얼굴로 말했다.

"왜 저렇게 어린아이들이 아파야 하는 걸까?"

"걱정 마. 네가 진짜 다방면에 재능이 있다고 해서 의학까지 잘할 수 있는 건 아니잖아. 차차 시간이 흐르고 의학이 발달하면 저런 병도 싹 낫게 할 수 있는 치료제가 개발될 거야."

"……그게 언제일까?"

한수는 애석한 얼굴로 채널 마스터 속에 존재하는 채널을 재차 확인했다.

그러나 「메디컬 TV」를 빼면 그 어떤 의학 전문 채널도 찾아볼 수 없었다.

그때 서현이 한수를 보며 말했다.

"이번에 촬영하기로 한 영화, 어때? 괜찮을 거 같아?"

"응. 대본 받았는데 나쁘지 않았어. 근데 일단 내가 신인이다 보니까 딱히 뭘 알아야지."

"여주인공 오디션 진행 중인 거 맞지?"

"아마 그럴걸. 제작사 대표님하고 감독님하고 골머리를 앓고 계시더라. 아무래도 위험 부담이 큰지 오디션을 많이 보러

안 오는 모양이더라고."

"그래? 만약 내가 여주인공이 되면 어떨 거 같아?"

조심스럽게 묻는 서현 모습에 곰곰이 생각하던 한수가 멋쩍은 얼굴로 말했다.

"글쎄. 키스신도 있는 걸로 아는데…… 괜찮겠어?"

"왜? 키스신이 뭐가 어렵다고?"

"아니, 어렵다는 게 아니라…… 서로 아는 사이니까 더 어색할 것 같아서 그렇지."

"오히려 초면인 사람하고 만나서 키스신 하는데 잘할 자신 있겠어?"

"……하긴, 그것도 그러네."

졸지에 한수가 서현의 페이스에 휘말렸다.

역시 노련한 서현이었다.

그때 한수가 불쑥 서현을 보며 물었다.

"왜? 너 오디션 봐보게?"

"음, 나쁘지 않을 거 같아서. 황 피디님하고 유 피디님이 나 볼 때면 매번 너를 무조건 붙잡으라고 하더라고. 이번 영화도 생각 외로 되게 잘 뜰 수도 있잖아. 손익분기점이 대략 몇 명 정도야?"

"글쎄. 영화를 찍어봐야 알겠지만 대략 이백만 명 정도 되지 않을까?"

"이백만 명…… 음, 약간 부담이긴 해도 그 정도면 문제없겠는데?"

서현이 어깨를 으쓱해 보였다.

이래 봬도 서현은 충무로에서 꽤 알아주는 이십 대 여배우였다.

특히 그녀의 필모그래피는 화려하게 채워져 있었다.

그렇다 보니 한수 입장에서는 적지 않게 걱정이 될 수밖에 없었다.

한수 본인은 이번 영화를 꽤 긍정적으로 생각하고 있었지만, 대중들의 반응이 정반대일지 아니면 그들도 긍정적으로 판단할지는 알 수 없는 일이기 때문이다.

이것만큼은 제아무리 한수라고 해도 알 수 없는 일이었다.

한수가 서현을 보며 말했다.

"신중하게 생각해."

"알아. 나도 여배우라고. 내 필모그래피는 내가 꼼꼼하게 잘 챙기고 있어. 걱정 안 해도 돼."

"그렇다면 문제없지만…… 너라면 그보다 더 좋은 대본도 얼마든지 더 들어올 거 아니야. 굳이 이 영화에 출연하려 하는 이유가 있어?"

"말했잖아. 황 피디님하고 유 피디님, 두 분 모두 너를 꼭 붙잡으라 했다고."

"……그 한마디로?"

"황금사단이잖아. 이 바닥에서 가장 촉이 좋은 사람이기도 하고."

"그렇지만 두 분 모두 영화나 드라마는 촬영한 적이 아예 없잖아. 믿을 수 있겠어?"

"물론 소속사하고도 논의하고 있어. 신중하게 결정할 거야. 너 때문에 출연하려고 하는 게 아니라고. 물론 네가 복덩이라고 해서 그 복 좀 나눠 받을 생각은 있지만 말이야."

"음, 알았어. 잘 판단하고 결정하길 바라."

"고마워. 아, 그리고……."

"그리고 뭐?"

"혹시 이번 주 주말에 바빠?"

"어? 주말? 글쎄. 아, 그때는 조금 바쁠 거야."

"무슨 일 있어?"

"그럴 만한 일이 있긴 한데…… 아, 너도 그럼 올래? 지연이하고 함께 와도 좋고."

"됐거든. 내가 걔하고 왜 같이 가? 그보다 뭔데? 무슨 일인데?"

한수가 품 안에서 티켓을 한 장 꺼내 건넸다.

"네가 말 안 했으면 깜빡 잊어먹을 뻔했네. 이거 받아."

한수가 건넨 건 잠실 올림픽주경기장에서 열리는 콘서트 티켓이었다.

'잠깐만. 이번 주 주말에 누구 공연이 있었나?'

몇 번을 생각해 봤지만, 딱히 떠오르는 이름이 없었다.

그러다가 티켓을 확인한 순간 그녀가 눈을 휘둥그레 떴다.

"어? 이 사람 내한했어? 언제?"

"아직 안 왔어. 내일 입국할 거야. 예전에 맨체스터 페스티벌에서 나 도와준 일이 있어서 은혜 갚을 겸 내가 오프닝 무대 돕기로 했거든. 관심 있으면 들으러 와."

"……이거 가도 돼?"

"응. 그거 VVIP석 티켓이야. 전망 좋은 자리에서 앉아서 보면 될 거야."

서현은 티켓에 뜬 이름을 재차 확인했다.

에드 시런(Ed Sheeran).

영국의 대표적인 싱어송라이터로 2017년부터 현재까지 꾸준히 전 세계 음악계를 호령하고 있다.

2015년 첫 내한 공연을 가진 뒤 그는 이번에 두 번째 내한 공연을 갖기로 했다.

그가 한국에 오기로 한 건 단 한 명 때문이었다.

한수.

그하고 콜라보레이션을 함께할 수 있다는 것 하나 때문에 무작정 내한 공연 일정을 잡은 것이었다.

"스케줄 봐서 문제없으면 꼭 갈게."

"그래."

그것도 잠시 두 사람 사이에 정적이 내려앉았다. 서로 말할 타이밍을 못 잡고 있는 게 문제였다.

결국 두 사람은 더 이상 아무런 말도 못 한 채 김경준 쉐프가 운영하는 레스토랑 앞을 떠나고 말았다.

그로부터 며칠이 지났다.

주말이 되었다. 벌써부터 에드 시런을 보기 위해 수천 명이 이곳 잠실 올림픽주경기장 앞에 텐트까지 친 채 티켓팅을 기다리고 있었다.

그러나 여기 모인 그 누구도 오늘 에드 시런 내한 콘서트의 오프닝 무대를 맡은 게스트가 한수라는 걸 전혀 모르고 있었다.

에드 시런, 그는 현재 가장 잘 나가는 싱어송라이터 중 한 명으로 국내에도 제법 많은 팬을 보유하고 있다.

2017년에도 내한 공연을 한 번 가진 적 있는 그는 또 한 차례 한국을 방문했다.

영국에서 한국까지 먼 거리인데도 불구하고 에드 시런이 이곳에 온 건 한수를 만나기 위해서였다. 그리고 대기실에서 에드 시런은 오랜만에 만나는 한수를 보며 반갑게 인사를 건넸다.

"한스! 오랜만이에요. 그동안 잘 지냈죠?"

"그럼요. 작년까지만 해도 저 영국에 있었다고요. 알면서 물어보는 거예요?"

"하하, 당신의 활약은 정말 잘 봤어요. 그 덕분에 제가 잠깐 맨체스터 시티 팬이 되었을 정도라고요. 아, 그리고 오늘 공연에 게스트로 나와 주는 거 고마워요. 혹시 하고 부탁한 건데 실제로 들어줄 줄은 생각지도 못했어요."

"별말씀을요. 에드가 맨체스터 페스티벌 때 함께 해준 걸 생각하면 이 정도는 충분히 해줄 수 있는 일이죠. 에드도 그때 서슴지 않고 달려와 줬잖아요."

"그건 당연히 뜻깊은 일이었으니까요."

에드가 입가에 미소를 그렸다.

하지만 IS는 여전히 활개를 치고 있었다.

그리고 그들은 점점 더 영역을 넓히고 있었다.

유럽뿐만 아니라 이제는 아시아까지 테러의 위협에 시달리고 있을 정도였다.

그들은 골칫덩어리였지만 그들을 상대하는 건 정말 까다로운 일이었다.

본거지가 어딘지 확실치 않았고 천문학적인 비용이 들어가는 일이었으며 국제적으로 분쟁이 생길 수 있는 일이었기 때문이다.

에드가 한수를 보며 말했다.

"오프닝 공연, 리허설대로 갈 거죠?"

"그럼요. 한번 재미있게 해봐요."

"네, 진짜 리허설 때도 그랬지만 정말 당신은…… 참 신기한 거 같아요."

"다재다능하다고 해주세요. 하하."

"그럼요. 당신이 다재다능한 걸 모르는 사람은 아마 없을 걸요?"

"그런가요?"

한수가 어깨를 으쓱했다.

에드 시런이 미소 지으며 말했다.

"슬슬 준비하죠. 관객들이 입장하기 시작했다네요."

잠실 올림픽주경기장에 사람들이 가득 들어찼다.

이들 모두 에드 시런의 내한공연을 보기 위해 모인 사람들이었다.

무대는 불이 꺼진 채 어두웠다. 아직 공연이 시작하기까지는 이십 분 정도 남아 있었다.

그러는 동안 사람들이 차곡차곡 들어찼다.

그들은 한시라도 빨리 콘서트가 시작하길 기다리고 있었다. 그렇게 기다림의 시간이 길어질 무렵이었다.

관객들이 거의 다 들어왔다. 그들 모두 두근거리는 마음을 억누른 채 무대만을 바라보고 있었다.

그 순간 무대에 불이 켜졌다. 그러나 얼굴을 확인하기엔 아직 그 불빛이 약했다.

하지만 익숙한 목소리에 사람들이 열광하기 시작했다.

콘서트의 시작을 알리는 첫 곡은 에드 시런의 「I'm A Mess」였다.

Oh, I'm a mess right now, inside out.

오, 난 지금 엉망진창이야. 안팎으로.

통통 튀는 기타 소리에 맞춰 달콤하면서 부드러운 에드 시런의 목소리가 이 넓은 잠실 올림픽주경기장을 메우기 시작했다.

사람들 모두 시작부터 달아올랐다.

그들 모두 한목소리로 에드 시런의 노래를 따라 부르기 시작했다.

떼창이 이어졌다.

"와, 노래 진짜 잘 부른다."

"이게 다 라이브라니까? 오길 잘했지?"

"응. 대박이야. 진짜."

에드 시런의 팬이었던 관객들도, 그렇지 않은 관객들도 다들 노래에 푹 빠져들고 있었다.

그 정도로 목소리는 무척 감미로웠고 무대는 열광적이었다.
그렇게 첫 곡이 끝났다.
그런데 무대에 불이 켜지지 않은 채 재차 두 번째 노래가 이어졌다.
이번에도 가수나 노래 제목은 몰라도 한 번쯤은 들어본 적 있는 노래 「Thinking Out Loud」였다.

When your legs don't work like they used to before.
두 다리가 옛날 같지 않을 때.

노래는 감미로웠고 관객들의 반응도 뜨거웠다.
그러나 무대는 아직도 어두컴컴하기만 했다.
노래가 끝나갈 무렵 사람들이 웅성거리기 시작했다.
"무슨 일 있나?"
"왜 얼굴을 안 보여주지?"
다들 의아해할 수밖에 없었다. 그때였다.
무대에 불이 켜졌다. 환한 빛이 터져 나오며 동시에 무대가 밝혀졌다.
그 순간, 무대에서 가장 가까운 스탠딩석부터 시작해서 격한 반응이 터져 나왔다.
"어?"

"뭐야? 누군데?"

"잠깐만. 강한수 맞지?"

"뭐? 강한수가 왜?"

"설마 강한수가 노래 불렀던 거였어?"

관객들이 아연실색한 얼굴로 무대를 바라봤다. 무대에 서 있는 건 에드 시런이 아니었다. 한수가 기타를 든 채 서 있었다.

그랬기에 그들 모두 경악할 수밖에 없었다. 여태 두 곡을 불렀던 게 에드 시런이 아니라 강한수였다니.

다들 의아한 반응을 보이는 게 당연한 일이었다.

개중에는 방금 전 노래 부른 게 강한수인 걸 믿지 못하는 사람들이 가득 했다.

그 순간 한수가 방금 전 불렀던 에드 시런의 「I'm A Mess」를 재차 부르기 시작했다. 그리고 사람들은 눈을 휘둥그레 떴다.

방금 전 두 곡을 불렀던 건 한수가 맞았다. 에드 시런이 아니었다.

"미친. 이게 말이 돼?"

"아니, 모창을 잘하는 건 알고 있었는데…… 팝송도 가능한 거였어?"

"와, 대박. 「싱 앤 트립」이 조작인 줄 알았는데 조작이 아니었어?"

사람들 반응은 뜨거웠다.

그때 무대 위로 에드 시런이 걸어 올라왔다.

그가 웃으며 소리쳤다.

"제 콘서트에 오신 분들 모두 감사합니다! 오프닝 무대는 제 친구 한스가 수고해줬습니다. 다들 한스가 노래 부르는지 전혀 몰랐죠?"

관객들 모두 몰랐다는 반응이 다수였다.

그럴 수밖에 없었다.

"다들 미안해요. 에드가 이번 내한 공연에 오신 분들을 위해 깜짝 이벤트를 열어주고 싶어 했거든요. 불쾌하지 않으셨으면 좋겠네요."

"아니에요!"

"최고였어요!"

"사랑해요!"

곳곳에서 뜨거운 박수갈채가 이어지고 있었다. 그리고 한수는 에드 시런의 내한 무대를 감상하기 시작했다.

역시 그의 라이브 실력은 훌륭했다.

확실히 사람의 마음을 잡아끄는 힘이 있었다. 그리고 그런 가수들은 대성하게 마련이었다.

새삼 「싱 앤 트립」에 출연하기를 잘했다는 생각이 들었다.

그 덕분에 정말 좋은 가수들을 많이 만날 수 있었기 때문이다.

에드 시런의 내한 무대는 성공리에 끝났다.

내한 공연이 끝난 뒤 기사가 속속 올라왔다.

에드 시런의 내한 공연이 어땠는지에 관한 기사뿐만이 아니었다. 기자들은 특히 오프닝 공연에 대해서도 많은 지면을 할애했다.

한수가 에드 시런의 노래도 완벽히 모창해 냈다고 평가하며 그의 한계가 어디까지인지 그 점을 대단히 높게 보고 있었다.

그러나 한편으로는 그렇게 노래를 잘하면 노래만 하면 되는 것을 왜 굳이 연기를 하려 드냐고 신랄하게 비판하는 기자들도 더러 있었다.

한수도 집에서 인터넷에 올라온 기사들을 보고 있었다.

기사 제목은 자극적이었다.

「만능 엔터테이너, 그것이 갖는 허구성.」

「연기파 배우들이 점점 줄어드는 이유는?」

한수는 댓글 역시 확인했다. 댓글 반응도 부정적이었다.

특히 자신을 대놓고 저격해서 쓴 기사가 아니냐는 이야기도 많았다.

그렇지만 이것들 모두 자신이 감내해야 할 일이었다.

애초에 구름나무 엔터테인먼트에서 유출한 영상 때문에 일이 꼬여 버렸고 그것 때문에 말들이 많아졌다.

그것을 뒤집는 방법은 언론 플레이 같은 게 아닌 실력으로 입증해 보이는 것뿐이었다.

그렇다면 자연스럽게 선입견도 사라질 테고 이렇게 욕하는 사람들도 줄어들 터였다.

한수는 슬슬 외출 준비를 하기 시작했다. 오늘은 대본 리딩이 있는 날이었다.

한수는 설레는 마음을 안은 채 리허설을 하기 위해 리딩 현장으로 향했다.

대본 리딩 현장에는 적지 않은 배우들이 모여 있었다.

이번 영화의 주조연 배우들이었다.

대본을 읽으면서 분위기를 맞추고 미리 합을 짜 맞추기 위함이었다. 그렇게 모인 주조연 배우들 사이에서는 계속해서 말들이 오고 가고 있었다.

역시 주된 이야기는 강한수에 관한 것이었다.

그들 모두 한수가 연기하는 모습을 봤다.

충격적인 동영상이었다.

구름나무 엔터테인먼트에서 삭제했는데도 불구하고 그 영상은 박제된 채 여전히 곳곳에 돌아다니고 있었다.

정말 많은 사람이 그 영상을 봤고 그렇다 보니 잡음이 많을 수밖에 없었다.

여기 모인 배우들 모두 고민 끝에 이번 영화에 출연하기로 한 경우였다. 그리고 그들은 만약 강한수의 연기가 생각했던 것 이하라면 출연하지 않을 의사도 있었다.

실제로 출연계약서를 작성할 때부터 그들은 단서 조항을 달아뒀다.

'한수의 연기가 정말 형편없을 경우, 그리고 그것이 영화의 흥행에 커다란 결격사유가 될 수 있을 때 출연계약을 무효로 한다'라는 단서 조항까지 달아둔 상태였다.

그래서일까.

그들은 오늘 있을 대본 리딩에서 과연 강한수가 어떤 연기를 보여줄지 걱정 반, 기대 반의 심정으로 기다리고 있었다.

그때 조연 역할을 맡은 배우 한 명이 어여쁜 여배우를 보며 물었다.

"서현아, 정말 그렇게 연기가 형편없니?"

"아, 그게…… 음, 저도 잘 모르겠어요."

서현이 어색하게 웃었다.

그녀는 이 영화에 출연할지 말지 대단히 많은 고민을 해야 했다.

실제로 소속사에서도 반대가 심했다.

굳이 위험한 수를 둬야 하느냐는 게 소속사 의견이었다.

그 정도로 이번 영화는 망할 가능성이 농후하다는 게 사람들의 일반적인 이야기였다.

시나리오는 나쁘지 않게 뽑혔고 감독도 드라마 장르의 영화를 촬영하는데 일가견이 있었지만, 배우 때문이었다.

주연배우의 연기력이 형편없을 것이라는 말들이 많은 상황에서 입소문이 잘못 퍼지기라도 한다면 첫 주 반짝하고 손익분기점도 못 넘길 가능성이 농후했다.

그래서 서현도 격렬한 반대를 겪어야 했지만 그래도 그는 한수를 믿기로 했다.

그가 연기를 하겠다고 결심한 건 그럴 만한 이유가 있어서라고 생각했기 때문이다.

그동안 서현은 한수를 계속해서 보고 있었다.

그리고 서현은 한수가 어떤 일을 할 때 막연하게 한다고 생각한 적이 한 번도 없었다.

그가 하는 행동에는 다 그럴 만한 자신감이 있기에 하는 것들인 경우가 많았다.

만약 그렇지 않고 무작정 저지르기만 했다면 지금의 한수는 존재하지 않았을 것이다.

그러는 사이 남은 배우들도 대본 리딩 현장에 속속 들어왔다. 모든 사람이 한자리에 모였을 때 이번 영화「포기 못 하는 꿈」의 감독 장수전이 배우들을 돌아보며 말했다.

"처음 뵙겠습니다. 신인 감독 장수전입니다. 다들 외부의 시선 때문에 불안해하는 거 잘 알고 있습니다. 그러나 한번 저를 믿고 끝까지 잘 해내줬으면 합니다. 감사합니다."

그 뒤 주연배우들의 인사가 있었다.

제일 먼저 자리에서 일어난 건 한수였다.

사람들의 시선이 그에게 쏠렸다.

"가수 김형준 역할을 맡은 강한수입니다. 잘 부탁드립니다."

"가수 유인아 역할을 맡은 김서현이에요. 잘 부탁드릴게요."

"김형준의 엄마 역할을 맡게 된 채수현이에요. 함께 잘해봐요."

속속 소개가 이어졌다. 그리고 대본 리딩이 시작됐다.

CHAPTER 6

보통 대본 리딩은 힘을 빼고 하게 마련이다. 시작부터 크게 힘을 줄 이유는 없기 때문이다. 그러나 오늘 대본 리딩 현장은 그렇지 않았다.

다들 시작부터 힘을 빡 준 채 대본 리딩 중이었다. 한수의 연기 실력이 어떤지 파악하기 위해서였다. 그리고 한수는 물 흐르듯 부드럽게 연기를 이어나갔다.

그가 맡게 된 김형준 역할은 막노동을 하는 스무 살 아버지였다. 매일 버는 돈으로 생계를 꾸려나가고 있는 그에게는 이제 네 살이 된 어린 여아가 있었다.

그래도 아이를 책임지기 위해 결혼을 하고 막노동을 했지만 그와 동갑내기였던 아내는 더 이상 이렇게 사는 건 싫다며 집을 나간 뒤였다.

원래 가수가 꿈이었던 김형준은 그래도 끝내 가수의 꿈을 포기하지 않았고 틈만 나면 홍대나 신촌 등지에서 버스킹을 하며 꿈을 이루려 하고 있었다.

그러다가 우연히 홍대에서 만난, 가수의 꿈을 키워나가는 유인아를 만나서 함께 듀엣 무대를 꾸미게 되고 승승장구하면서 드디어 가수로서 데뷔할 수 있는 기회를 얻게 되지만 하나뿐인 딸이 아프게 되고 그것 때문에 가수 데뷔를 이루지 못하게 된다.

그렇지만 그는 가족을 위해 자신의 꿈을 포기할 수밖에 없었고 그 이후 다시 일상으로 돌아와서 막노동을 계속하며 생계를 꾸리게 된다.

하지만 얼마 뒤 그가 유인아와 함께 낸 앨범이 히트를 치며 결국 가수의 꿈을 이루게 되는 그런 내용의 영화였다.

"생각보다 연기 잘하네요?"

"대본 리딩만 잘하는 걸수도 있지. 실전은 어떨지 그게 더 중요하다는 거야."

"그래도요. 이 정도면 기대했던 것 이상이잖아요."

몇몇 배우가 소곤거렸다. 생각했던 것보다 한수의 연기력은 나쁘지 않았다.

선입견으로 한수를 낮게 봤던 게 미안해질 정도였다. 그 정도로 한수는 혼신의 힘을 기울인 연기를 보여주고 있었다.

게다가 그는 노래도 잘하고 악기도 잘 다루는 만큼 그것을 감안해서 생각해 본다면 김형준 역할은 그에게 찰떡궁합처럼 잘 맞는 역할이 될 가능성이 농후했다.

"잘 선택했네요. 배역하고 딱 어울리잖아요."

"그렇지."

그리고 한수가 대본 리딩 중 버스킹에서 부르게 될 노래를 천천히 부르기 시작했다.

감미로운 목소리가 대본 리딩 현장을 메웠다.

몇 소절뿐이었지만 그의 노래가 흘러나오자 사람들 모두 눈에 감았다.

눈을 감고 귀를 기울여 들을 정도로 한수의 노래는 훌륭했다.

노래가 끝났을 무렵 다들 가볍게 박수를 보냈다. 그러나 몇몇은 툴툴거리며 혼잣말로 중얼거렸다.

"저렇게 노래를 잘 부르면서 굳이 연기를 해야 할 이유가 있나? 그냥 평생 가수 하면 안 되나?"

"그러게. 왜 노래를 안 하고 연기를 하려 하는지 모르겠네."

그들은 고개를 절레절레 저었다. 그것도 잠시 대본 리딩이 재차 이어졌다. 주연 및 조연 배우들의 열연이 뿜어져 나오는 가운데 카메라 감독은 계속해서 이번 대본 리딩 현장을 촬영

중에 있었다.

영화 촬영이 끝나고 개봉을 앞뒀을 때 대본 리딩을 공개해서 사람들의 관심을 끌어모으고 기대감을 올리는 건 흔한 마케팅 방법 중 하나였다.

처음에만 해도 대본 리딩 현장 전체를 크게 땡기고 촬영 중이던 카메라 감독은 조금씩 카메라를 한 사람에게 고정시키고 있었다.

그는 한수였다.

이상했다. 계속해서 시선을 잡아끌고 있었다.

처음에만 해도 그렇지 않았다. 그도 유튜브에서 영상을 봤다. 그리고 배를 잡고 뒹굴었다. 정말 발연기의 진수를 제대로 보여주고 있었기 때문이다.

그래서 영상이 터진 이후에도 한수를 상대로 오디션을 보려 하는 감독의 생각을 도저히 이해할 수 없었다.

강한수가 감독한테 돈을 주고서라도 영화에 출연하고 싶어 했나 하는 의문이 생겼을 정도였다.

물론 그렇진 않을 터였다. 카메라 감독 생각에 강한수가 영화에 출연하는 건 독이 되었으면 독이 되었지 이득이 될 일은 전혀 아니기 때문이다.

그는 영화에 출연해 봤자 욕만 얻어먹고 연기력을 입증하지 못하면 되레 비난을 받으면서 그동안 쌓아온 인기도 송두리째

날아갈 수 있는 상황이었다.

그래서일까.

카메라 감독은 한수가 차라리 영화에 출연하기로 한 걸 고사했으면 하는 바람이 컸다.

그 역시 축구를 사랑하는 한 명의 팬이었고 강한수 덕분에 지난해 프리미어리그를 누구보다 재미있게 즐겼었기 때문이다.

한국인에게는 박유성 다음으로 제2의 영웅이라고 불려도 무방하지 않은 강한수가 괜한 영화 출연 때문에 이렇게 욕을 먹는다는 건 그로서는 정말 견디기 힘든 일이었다.

그러나 강한수가 오디션을 보기 위해 영화사를 찾았을 때 카메라 감독도 그 자리에 있었다.

혹시 하는 생각에 영상을 찍어두고자 함이었다. 그리고 그날 오디션 현장에서 열연을 해 보이는 한수를 보며 카메라 감독은 혀를 내둘러야 했다.

이해할 수 없는 일이었다. 시간의 텀이 존재하긴 했다.

구름나무 엔터테인먼트와 전속계약을 맺고 연기 연습을 했던 시기는 지금으로부터 약 1년 전 일이었다.

그 1년 만에 연기가 완전히 바뀌었다. 이건 사람이 다시 태어난 수준이었다. 물론 1년 사이에 연기가 늘었을 수는 있다.

충분히 가능성이 있는 이야기다. 그러나 그건 체계적인 훈

련을 통해서만 가능한 일이다.

카메라 감독이 본 1년 전의 강한수는 연기를 타고나지 못한 그저 그런 삼류였다. 연기를 전공으로 삼느니 차라리 다른 길을 알아보는 게 나을 정도로 그는 연기에 재능이 없었다.

예체능 계열은 재능이 정말 중요하다. 재능 없이는 이 바닥에서 살아남기 힘들다.

그런 점에서 볼 때 강한수의 재능은 쥐뿔만큼도 없었다.

살아남는 게 불가능하다고 봐야 했다.

하지만 일 년 뒤 강한수는 웬만한 연기자 못지않은 내공을 쌓은 듯보였다.

만약 그가 1년 동안 부지런히 연기수업을 받았더라면 이해했을 것이다.

그만큼 노력했구나. 그 정도로 연기에 목말라 있었구나.

때론 노력이 기적을 만들어내는 경우가 있으니까.

하지만 1년 동안 강한수가 연기 수업을 받았느냐?

그렇지 않았다.

그가 1년 동안 한 건 맨체스터 시티에서 축구 선수로 뛴 것이었다.

사실 그것도 되게 특별한 일이었다.

어린 시절을 축구로 보낸 것도 아니고 그렇다고 해서 딱히 축구로 두각을 드러낸 적도 없었다.

그런데 갑작스럽게 엄청난 실력을 뽐내기 시작하더니 대뜸 맨체스터 시티에 입단하고서는 그해 트레블을 거머쥐는 데 성공했다.

누구나 불가능할 거라고 생각했던 일을 가능하게 만든 힘.

강한수에게는 그 힘이 있었다.

그리고 이번 연기에서도 그 힘을 절실히 보이고 있었다.

대본 리딩을 하는 사이 이번 영화의 하이라이트가 이어졌다.

강한수가 절절히 자신의 감정을 담아 연기를 선보였다.

그리고 하이라이트 부분이 끝났을 때 대본 리딩 현장에 뜨거운 박수갈채가 쏟아지기 시작했다.

개중 몇몇은 믿기지 않는다는 얼굴로 한수를 바라보고 있었다.

불과 1년 전 연기 테스트를 찍었을 때하고는 전혀 다른 모습이었다.

이 정도면 웬만한 베테랑 연기자 그 이상이었다.

분명 연기 초보일 텐데 그의 연기에서는 베테랑 연기자들에게서나 볼 수 있는 연륜 같은 게 느껴졌다.

이해할 수 없는 일이었다.

그렇게 대본 리딩이 끝났다.

강한수는 그제야 숨을 길게 내쉬었다. 하지만 그는 좀처럼 정신을 차릴 수 없었다.

상위 카테고리로 올라오면서 조금씩 부작용이 생기고 있었다.

특히 「OVN」 채널을 확보하고 드라마 장르를 자신의 것으로 만들었을 때 한수는 관련 장르 속 다양한 영화를 보면서 그 속에서 연기한 여러 배우의 생각과 경험, 지식을 자신의 것으로 만들 수 있었다.

하지만 막상 그것들을 하나씩 꺼내 쓸 때마다 한수는 조금씩 자신이 자신이 아니게 되는 것 같은 기분을 받아야 했다.

뭐랄까.

엄청 많은 다양한 인격들이 자신의 머릿속에 들어왔고 그것을 자신의 것으로 받아들이면서 정작 '강한수' 자신은 사라지는 듯한 기분을 받아야 했다.

그것은 상위 카테고리에 속하는 채널을 확보하면 확보할수록 더욱더 강렬하게 느껴지는 중이었다.

이번에도 그랬다.

대본 리딩 중 한수는 자신과 다른 인격이 갑작스럽게 튀어나올까 봐 조심스러웠다.

가끔 연기를 하면 자신이 아닌 또 다른 존재가 머릿속에서 튀어나와서 그 모습으로 연기를 하는 것만 같았다.

남은 감정을 추스르기 위해 한수가 눈을 감은 채 숨을 길게 내쉴 때였다.

톡톡-

어깨를 치는 손짓에 한수가 고개를 돌렸다.

서현이었다.

"연기 잘하네. 기대 이상인데?"

"고마워. 이상하지 않았어?"

"아니. 왜 유인하가 한눈에 푹 빠졌는지 알겠던데?"

극 중에서 유인하는 한수가 연기할 김형준이 엄청난 가창력을 뽐내는 모습을 보며 한눈에 반해 버리게 된다. 그리고 두 사람 사이에 로맨스가 싹트지만, 김형준에게 아이가 있다는 점 때문에 결국 두 사람은 이루어지지 못한다.

한수가 멋쩍게 웃었다.

"그렇게 말해주니 고맙네."

"아니, 진짜야."

"응. 알아. 고마워."

"이제 집에 갈 거야?"

"응. 또 촬영 준비 해야 돼."

조금씩 촬영 일정이 늘어나고 있었다.

내일은 지상파 예능 프로그램 촬영이 잡혀 있었다.

박 대표가 한수에게 권했던 바로 그 예능 프로그램이기도 했다.

서현이 먼저 매니저와 함께 떠난 뒤 한수도 집으로 가기 위해 주차장으로 향했다. 그리고 스포츠카에 올라탔을 때였다.

알림이 떴다.

한수는 갑작스럽게 떠오른 알림에 눈을 감았다.

[명성 포인트가 10만 포인트 쌓였습니다.]

신경 쓰지 않고 있던 게 명성이다.

그동안 숱한 곳에서 숱한 짓을 하며 엄청 많은 포인트를 긁어모은 덕분이다.

십만 포인트로 얻을 수 있는 게 있을까?

한수는 혹시 하는 생각에 포인트로 얻을 수 있는 게 무엇이 있나 확인했다.

그리고 그는 뜻밖의 것을 확인할 수 있었다.

현재 한수가 확보 중인 장르는 일곱 가지 중 「드라마」 하나뿐이다.

아직 나머지 여섯 개 장르는 확보하지 못했다.

그런데 이번에 십만 포인트로 또다른 장르 하나를 추가로 확보할 수 있게 되었다.

「액션」, 「멜로/로맨스」, 「스릴러」, 「공포」, 「코미디」, 「SF/판타지」.

여섯 장르 가운데 하나를 추가로 더 확보할 수 있게 된 셈이다.

만약 지금 당장 확보해야 한다면 「멜로/로맨스」를 확보하는 게 한수에게는 도움이 될 터다.

어쨌든 이번 영화는 「드라마」에 속해 있지만 「멜로/로맨스」도 필수적으로 필요하기 때문이다.

그러나 섣부르게 결정을 내릴 필요는 없었다.

한수는 일단 스킵을 했다.

나중에 필요한 일이 생기면 그때 자연스럽게 확보하겠다는 심산에서였다.

그리고 그는 곧장 집으로 돌아왔다.

"어, 왔어? 대본리딩은 잘했어?"

"그럭저럭요. 여전히 만족은 못 하지만…… 그래도 욕은 안 먹었으니까 그 정도면 된 거 아닐까요?"

"그래. 네가 왜 연기한다고 하는지 처음에는 식겁했다가 그래도 지금은 조금 이해가 간다. 진짜 너는…… 못 하는 게 뭔지 이젠 모르겠다. 괜히 또 뭐 못한다고 했다가 하루아침에 갑자기 잘해버릴까 봐 섣부르게 말도 못 하겠어."

한수의 집에는 박 대표가 와 있었다.

그만 있는 건 아니었다.

촬영팀도 함께 집에 있었다. 그들은 카메라를 설치하느라 분주한 상태였다.

이번에 촬영하기로 한 예능 프로그램 때문이었다.

처음에만 해도 한수는 썩 내켜 하지 않았다.

혼자 산 지 얼마 되지도 않았거니와 그동안 황 피디와 찍었던 다큐멘터리에 가까운 예능 프로그램과 달리 거의 짜고 치는 수준이었기 때문이다.

하지만 이번 예능 프로그램 피디와 대화를 여러 번 나눠본 뒤 한수가 마음을 바꿨다.

그가 마음을 바꾸게 된 결정적인 이유는 피디가 한 말 때문이었다.

갑작스러운 영화 촬영 때문에 적대적으로 변한 여론을 최대한 한수에게 호의적으로 만들어보고 싶다고 피디가 말해서였다.

결국, 그 날 저녁 카메라가 돌아가는 가운데 한수는 어색함을 느끼며 잠을 자야 했다.

왠지 모르게 누군가 몰래카메라로 찍는 듯한 기분이었다.

그다음 날 촬영이 시작됐다.

한수가 촬영하게 된 프로그램은 UBC에서 하는 예능 프로그램 중에서 가장 인기 있는 프로그램 가운데 하나인 「1인 가족」이었다.

연예인 중에서 혼자 사는 사람을 대상으로 그들이 어떻게 사는지 보여주는 프로그램으로 1인 식구가 점점 늘어나고 있는 만큼 그 추세에 맞물려 인기를 끌고 있었다.

「1인 가족」 촬영은 2박 3일 동안 진행이 되었고 그 기간 동안 한수는 쉴 새 없이 자신을 쫓아다니는 카메라와 함께 생활을 해야 했다.

그렇게 촬영이 끝나고 얼마 지나지 않아 한수는 UBC 방송국을 찾았다.

이제 「1인 가족」 MC들과 마지막으로 뭉쳐서 촬영을 한 번 더 해야 했기 때문이다.

이미 한수가 「1인 가족」에 나온다는 건 기사를 통해 많이 알려진 상태였다.

사람들의 반응은 반반이었다.

그의 출연을 반기는 한수의 팬들 절반과 연기 연습이나 하지 예능 프로그램을 왜 찍는지 이해할 수 없다고 비난하는 사람들 절반이었다.

어차피 연기는 영화가 개봉한 이후에나 알려질 것이기 때문에 한수는 어쩔 수 없다고 생각 중에 있었다. 그 전까지 이 부분은 자신이 감내해야 했다.

이 영상을 유출시킨 사람은 지금 1심 재판에 들어간 상태였다.

그에게 형량이 얼마나 나올지는 알 수 없지만 한수는 그 혼자 이 모든 일을 꾸몄을 거라고는 생각지 않고 있었다. 배후에 누군가 도움을 준 게 분명했다.

하지만 누가 그랬는지 알 수 없는 일이었기 때문에 증거나 증언이 나오기 전까지는 기다려야 했다.

한편 UBC 방송국에 도착한 한수는 「1인 가족」 MC들을 만날 수 있었다.

그들이 반갑게 한수와 악수를 나눴다.

개중에서 MC 한 명은 특히 유난을 떨어댔다.

이유를 들어보니 그는 맨체스터 시티의 오랜 팬이었다.

만수르가 구단을 인수하기 전부터 맨체스터 시티 팬이었다고 하는 걸 보면 정말로 맨체스터 시티에 대한 애정이 남다른 모양이었다.

그런데 보통 박유성을 쫓아 맨체스터 유나이티드 팬이 되는 경우가 많았던 걸 생각하면 그는 조금 특별한 케이스라고 볼 수 있었다.

“진짜 언제 다시 복귀할 생각 없어요?”

“맨체스터 시티 선수로요?”

“예, 제가 한수 씨가 맨체스터 시티에서 뛰는 거 보고 얼마나 감격했는지 몰라요. 진짜 제 주변 사람들은 그거 다 알고 있다니까요. 그렇죠?”

또 다른 MC가 웃으며 말했다.

“이 녀석 말이 맞아요. 한 몇 주는 한수 씨가 맨체스터 시티에서 뛴다고 정말 좋아했었어요. 그러다가 챔피언스 리그에서 우승하면서 트레블을 거뒀을 때 이 녀석 숨넘어가는 줄 알았다니까요? 「1인 가족」 재방송을 보면 이 녀석이 맨체스터 시티가 경기할 때마다 응원하는 거하고 트레블할 때 숨넘어갔던 거 다 나올 거예요. 하하.”

“그 정도예요?”

“그럼요. 저는 블루즈입니다.”

“당분간 맨체스터 시티로 복귀할 생각은 없어요. 어쩌면 늙어 죽을 때까지 그럴 수도 있고요.”

“……어째서죠?”

“한 시즌 뛰었는데 원하는 건 뭐든지 다 거머쥐었어요. 프리미어리그 우승도 그렇고 FA컵 우승도 그렇고, 챔피언스리그 우승까지. 이 정도면 충분히 만족할 만해서요. 아, 아직 하나 남은 게 있네요.”

“예? 그게 뭔데요?”

한수가 웃으며 대답했다.

“발롱도르요. 발롱도르까지 탈 수 있으면 완벽할 거 같은데…… 그게 가능할지는 모르겠네요.”

지난 1년 동안의 성적을 토대로 해서 수상하는 게 발롱도르다.

한수는 절반만 뛰었기 때문에 판가름하기가 어려운 게 사실이다.

만약 한수가 한 시즌 더 뛰었고 여전히 프리미어리그에서 좋은 활약을 보였다면 발롱도르는 그에게 무조건 주어졌을 것이다.

그러나 한수는 딱 절반만 뛰었기 때문에 형평성에서 논란이 생길 수밖에 없다.

어쨌든 발롱도르를 탈 수 있을지 없을지와는 별개로 그들은 본격적으로 촬영을 시작했다.

한수가 「1인 가족」 2박 3일 촬영 동안 찍은 영상은 이미 편집된 상태였다.

그들은 이곳에 둘러앉아 그 영상을 보며 자막을 입힐 예정이었다.

개중에서 몇몇 재미있거나 놀라운 장면은 하이라이트로 묶여질 터였다.

그렇게 촬영이 시작되면서 커다란 텔레비전에 한수가 「1인 가족」을 찍었던 게 나오기 시작했다.

시작은 침대였다.

MC 한 명이 한수를 보며 물었다.

"집은 이사하신 지 얼마나 되신 거예요?"

"얼마 안 됐어요. 그 전까지는 맨체스터에서 주로 머물렀거든요. 처음에는 호텔에서 지내다가 아예 근처에 집을 한 채 마련해 줬었어요. 영국에서 지낼 때는 주로 그 집에서만 머물렀네요."

"지금 살고 있는 집은요?"

"제가 축구 선수로 뛰면서 번 연봉 대부분을 투자한 집이에요. 전망이 좋고 근처에 운동할 곳도 있고 해서 골랐어요. 괜찮죠."

"자취하신 지는 이제 얼마나 되신 거예요?"

"이제 이 년 남짓? 연예인 되기로 한 뒤에도 부모님하고 같이 살다가 어느 순간 자취를 해야겠다는 생각이 들더라고요. 스케줄 때문에 새벽녘에도 나가는 경우가 잦으니까 부모님도 저 때문에 깬 적이 많아서…… 그래서 혼자 살아야겠다고 결심하게 됐죠."

"대부분 그런 식으로 자취하게 되는 경우가 많더라고요."

대화가 오고가는 사이 커다란 텔레비전 화면에 한수가 막 잠에서 깨어난 모습이 보였다.

일어나자마자 침대부터 가지런히 정리한 한수는 곧장 스트레칭을 하기 시작했다.

그것을 보며 MC 몇몇이 눈매를 좁혔다.

"연출 아니죠?"

"평소에도 저렇게 스트레칭하세요? 일어나자마자?"

한수가 그 말에 고개를 끄덕였다.

"그럼요. 바로바로 스트레칭해 주는 편이죠."

가슴 한구석이 쿡쿡 찔렸다. 항상 잠이 부족한 한수다.

특히 영화 촬영에 들어간 이후로는 눈코 뜰 새 없이 바쁘다.

오늘 하루도 겨우 스케줄을 빼서 UBC에 온 것이었다.

스트레칭을 끝낸 뒤 한수가 한 건 샤워, 그다음은 빨래를 돌리는 일이었다. 그런 다음 본격적으로 한수가 아침을 준비하기 시작했다.

MC들이 눈을 빛냈다. 한수의 요리 실력은 익히 잘 알려져 있다.

「쉐프의 비법」이나 「무엇이든 만들어드려요」에서 한수의 요리 실력이 가장 빛을 발한 데다가 최근 촬영한 예능 프로그램 중에서는 「힐링 푸드」에서 좋은 모습을 보였기 때문이다.

실제로 몇몇 쉐프들은 한수를 보고 그 실력이 저 젊은 나이에 어떻게 가능한 거냐고 의아해했다고 했다.

MC들도 한수가 어떤 요리를 만들어낼지 기대를 품고 있었다.

그 순간이었다. 한수는 텔레비전을 켰다. 그리고 퀴즈쇼로 채널을 돌렸다.

그런 다음 그는 냉장고에서 갖은 채소를 꺼내왔다.

"응? 퀴즈쇼는 왜 보시는 거에요?"

"아, 보통 요리할 때마다 저렇게 퀴즈쇼를 즐겨보는 편이에요."
"그래요? 이상한 취미시네요."
그때였다.
한수가 채소들을 다듬었다.
눈에 보이지 않을 정도로 빠른 속도로 채소들이 가지런하게 잘려나갔다.
그러면서 한수는 퀴즈쇼에 나오는 퀴즈들을 척척 알아맞혔다.
처음에는 그럴 수 있지, 라고 생각하던 MC들도 계속해서 퀴즈쇼 참가자보다 훨씬 더 빠른 속도로 퀴즈쇼 정답을 맞혀나가면서 갖은 요리를 해 보이는 한수를 보며 입을 쩍 벌렸다.
"……지, 지금 저 퀴즈쇼 다 맞히면서 요리도 하고 계시는 거예요?"
"예, 맞아요."
"……대박. 저는 그냥 퀴즈쇼 보는 줄만 알았는데 그걸 다 맞히는 거였어요?"
"그냥 취미 삼아서 하는 거예요. 그래야 조금 더 집중이 되는 거 같아서요."
"보통은 정반대 아닌가요?"
한수가 어색하게 웃었다.
「퀴진 TV」 같은 경우 한수는 완벽하게 마스터하며 그 채널을 확보하기까지 했다.

그 덕분에 여러 쉐프들의 경험과 지식 등을 자신의 것으로 끌어모을 수 있게 됐다.

그러나 며칠 전 대본 리딩에서 겪었듯이 종종 부작용이 일어나곤 했다.

그건 요리할 때도 마찬가지였다.

가끔 요리하다 보면 프랑스 요리를 하고 있는데 이탈리아 요리사의 경험 및 지식이 머릿속으로 들어와서는 결국 요리를 끝냈을 때는 프랑스 요리가 아닌 이탈리아 요리로 바뀐 적도 있었다. 그 정반대의 경우도 있었다.

그렇다 보니 한수는 일부러 머릿속을 더 복잡하게 만들어서 차라리 다른 잡음이 아예 안 나오게 하려고 퀴즈쇼도 덩달아 같이 풀고 있는 것이었다.

그러나 종종 걱정될 때가 있었다.

이러다가 진짜 미쳐 버리는 게 아닌가 하는 생각이 든 적도 있었다.

단시간에 너무 많은 능력을 확보한 것 때문에 오히려 이런 문제가 일어난 것 같기도 했다.

적어도 어느 정도 천천히 적응할 시간이 필요했는데 그 시간마저 건너뛰어 버리고 능력을 지속적으로 확보했기 때문이다.

그렇게 MC들이 한번 기겁했을 때 한수는 능숙하게 맛있는 요리들을 계속해서 만들어냈다.

MC들 입가에 침이 고였다.

"……와, 맛있겠네요."

"한수 씨, 이참에 안 바쁘면 우리 프로그램 고정으로 들어오시는 거 어때요?"

"그리고 매일 환영회 열고 놀러 가는 거지. 물론 요리는 한수 씨가 해주는 거고. 하하."

"……."

MC들의 농담 섞인 말에 한수도 웃어 보였다.

그렇게 화려한 요리 이후 아침 식사를 끝낸 뒤 한수는 작은 방으로 들어왔다.

한수의 집은 방만 모두 4개였다. 여기에 드레스룸이 2개 있었다.

그러나 작은 방 하나를 한수는 따로 드레스룸 비슷하게 꾸며놓았다.

맨체스터 시티의 올드팬이자 오랜 축구 팬이기도 한 MC가 눈을 휘둥그레 떴다.

"자, 자, 잠깐만요!"

"생각하시는 거 맞아요."

그는 눈뿐만 아니라 입도 떡 벌린 채 화면을 통해 나오고 있는 한수 방을 바라봤다.

그곳에는 그동안 한수가 맨체스터 시티 소속 선수로 뛰며 자신의 유니폼과 맞바꾼 여러 선수의 유니폼이 구김살 없이 전시되어 있었다.

크리스티아누 호날두, 리오넬 메시 같은 세계적인 선수들을 포함해서 여러 선수의 유니폼이 즐비했다.

그뿐만이 아니었다.

한수가 축구 선수일 때 신었던 축구화도 전시되어 있었다.

그리고 사진들도 가득 했는데 그것들 모두 선수들 한 명, 한 명과 찍은 셀카였다.

끝으로 또 다른 장식장을 카메라가 비췄을 때 그 MC가 숨넘어가는 표정이 되었다.

장식장 안에는 프리미어리그, 챔피언스리그 그리고 FA컵 우승 메달이 놓여 있었다.

"……트, 트레블의 상징!"

축구 팬들에게 이 방은 성지나 다름없었다.

작은방 구경이 끝난 뒤 한수는 또 다른 작은방에 들어갔다.

그곳에는 에릭 클랩튼이 선물한 기타와 더불어 세계적인 뮤지션들에게 선물 받은 그들의 애장품 및 앨범 등이 보관되어 있었다.

아까 전 방이 축구 팬들을 위한 성지였다면 이번 방은 음악 팬들을 위한 성지였다.

"진짜…… 역대급인데요?"

"이 정도면 역대급 맞죠. 저게 다 얼마……."

"다른 방 두 칸도 장식용으로 쓰이고 있는 건가요?"

한수가 웃으며 말했다.

"아직요. 그러나 곧 그렇게 써먹으려고요."

"……설마 이번 영화로 상 받고 저 방을 다 메우신다는 건 아니죠?"

"충분히 가능한 일이죠."

"대박."

다들 고개를 절레절레 저었다.

이 근거를 알 수 없는 한수의 자신감은 도대체 어디서 나오는 건지 그것이 궁금했다.

물론 한수가 채널 마스터 덕분에 이렇게 광오한 말을 할 수 있을 거라는 건 그 누구도 알 수 없는 일이었다.

그리고 차고로 내려온 한수는 남자 MC들의 부러움을 한몸에 사며 람보르기니에 올라탔다.

맨체스터 시티 팬인 MC는 람보르기니를 보며 만수르가 선물한 그 차가 맞는지 거듭 물어볼 정도였다.

도로 위를 모세의 기적처럼 질주한 끝에 한수가 도착한 곳은 외딴곳에 위치해 있는 촬영 현장이었다.

「1인 가족」을 촬영할 때 때마침 영화 촬영 일정이 잡혀 있었기 때문이다.

MC들은 그것을 보며 침을 삼켰다.

잘하면 오늘 방송을 통해 강한수의 연기가 어느 정도인지 파악할 수 있을 터였다.

그리고 카메라가 돌아가는 가운데 한수의 진짜 연기가 방송을 타고 사람들에게 선보여졌다.

to be continued